續脩臺灣府志卷之五

欽命巡視臺灣朝議大夫戶科給事中紀錄三次六十七　同脩

欽命巡視臺灣朝議大夫雲南道監察御史加一級紀錄三次范　咸

分巡臺灣道兼提督學政覺羅四明

臺灣府知府余文儀　續脩

賦役二　戶口　鹽課　水餉　陸餉

戶口

康熙二十三年題准臺灣每丁徵銀肆錢柒分陸釐。五十二年

恩詔以五十年丁冊定為常額，滋生人丁永不加賦。乾隆元年

上諭：朕愛養元元，凡內地百姓與海外番民皆一視同仁，輕徭薄賦，使之各得其所。聞福建臺灣丁銀一項，每丁徵銀肆錢柒分，再加火耗則至伍錢有零矣。查內地每丁徵銀壹錢至貳錢叁錢不等，而臺灣加倍有餘，民間未免竭蹷。着將臺灣四縣丁銀悉照內地之例酌中減則，每丁徵銀貳錢，以紓民力。從乾隆元年為始，永著為例。二年

上諭：聞臺地番黎大小計九十六社，有每年輸納之項，名曰番餉，按丁徵收，有多至貳兩、壹兩有餘及五六錢不等者。朕思民番皆吾赤子，原無岐視，所輸番餉即百姓之丁銀也。着照民丁之例，每丁徵銀貳錢，其餘悉行裁減。該督撫可轉飭地方官出示曉諭，實力奉行，務令番民均沾實惠。又聞澎糧廳、淡防廳均有額編人丁，每丁徵銀肆錢有零，從前未曾裁減，亦着照臺灣四縣之例行。

臺灣府　舊額戶壹萬貳千柒百貳拾柒

口壹萬陸千捌百貳拾

徵銀捌千零陸兩叁錢貳分

又八社土番口叁千伍百玖拾貳在鳳山縣屬

康熙三十年編審新增口陸百叁拾戶仍前

康熙三十五年編審新增口叁百貳拾叁

康熙四十年編審新增口貳百玖拾玖

康熙四十五年編審新增口肆百玖拾

康熙五十年編審新增口貳百陸拾伍以上戶俱仍前

以上自康熙三十年至五十年共新增民丁貳千零柒共徵銀玖百伍拾伍兩叁錢叁分貳釐

通府合計新舊戶壹萬貳千柒百貳拾柒口壹萬捌千捌百貳拾柒共徵銀捌千玖百陸拾壹兩陸錢伍分貳釐乾隆元年奉

旨減則每丁徵銀貳錢共徵銀叁千柒百陸拾伍兩肆錢

按以上乾隆拾年舊志丁銀原額乾隆十二年奉文將通郡丁銀勻配通郡田園畝數徵輸臺灣府舊額田園共叁萬零陸百壹拾玖甲玖分捌釐零每一甲折壹拾壹畝共折田園叁拾叁萬陸千捌百壹拾玖畝柒分捌釐零雍正七年起新墾化甲爲畝併照同安則例田園共叁拾貳萬玖千叁百伍拾肆畝柒分叁釐通計新舊額徵田園陸拾陸萬陸千壹百柒拾肆畝伍分壹釐零每畝上則田勻丁銀肆釐壹毫捌絲陸忽中則田勻丁銀肆釐叁毫捌絲壹忽下則田勻丁銀肆釐陸毫叁絲玖忽每畝上則園勻丁銀肆釐玖毫貳絲玖忽中則園勻丁銀伍釐貳毫伍絲柒忽下則園勻丁銀伍釐陸毫叁絲叁忽新墾化甲爲畝并照同安則例下則田每畝勻丁銀柒釐壹毫陸絲玖忽園每畝勻丁銀捌釐陸毫叁絲玖忽零共徵勻丁銀　千　百　拾　兩　錢　分　釐零每兩加耗銀柒分併封平餘餘銀貳分共玖分詳具各廳縣戶役下

又八社番丁叁千伍百玖拾貳口內

教冊公廨番丁玖拾柒每丁徵米壹石共徵米玖拾柒石

壯番壹千叁百玖拾伍丁每丁徵米壹石柒斗共徵米貳千叁百柒拾壹石伍斗

少壯番貳百伍拾陸丁每丁徵米壹石叁斗共徵米叁百叁拾貳

石捌斗

壯番婦壹千捌百肆拾肆口每口徵米壹石共徵米壹千捌百肆拾肆石

以上捌社番丁口共徵米肆千陸百肆拾伍石叁斗折粟玖千貳百玖拾石陸斗

雍正四年定例豁免番婦壹千捌百肆拾肆口其番丁壹千柒百肆拾捌口舊徵粟伍千陸百零貳石陸斗將每石改徵折價銀叁錢陸分共徵銀貳千壹拾陸兩玖錢叁分陸釐

乾隆二年奉 旨番丁照民丁例每丁徵銀貳錢共徵銀叁百肆拾玖兩陸錢

又番社大小捌拾玖社每社徵銀不等共徵銀柒千捌百零捌兩零貳分柒釐零

雍正十年豁免大肚社餉銀壹百陸拾捌兩實徵社餉銀柒千陸百肆拾兩貳分柒釐捌毫

乾隆二年額徵社餉改照民丁例番社大小捌拾玖社計番丁伍千零玖拾共徵銀壹千零壹拾捌兩

又土番肆社共徵社餉銀壹百柒拾玖兩貳錢貳分貳釐零

生番歸化共陸拾壹社共折徵鹿皮價銀捌拾叁兩貳錢捌分乾隆二年減徵鹿皮價銀伍拾叁兩零肆分實徵鹿皮壹百肆拾肆張每張折徵銀貳錢肆分共折徵

銀叁拾兩貳錢肆分

按以上乾隆十年舊志番餉原額詳具各廳縣戶役下

臺灣縣　舊額戶柒千捌百肆拾陸

口捌千伍百柒拾玖又澎湖口伍百肆拾陸

康熙三十年編審新增口肆百肆拾壹戶仍前

康熙三十五年編審新增口壹百捌拾

康熙四十年編審新增口壹百叁拾玖

康熙四十五年編審新增口叁百零貳

康熙五十年編審新增口壹百零叁

以上自康熙三十年起至五十年止共新增民丁壹千壹百陸拾伍戶仍前

新舊合計戶柒千捌百肆拾陸口壹萬貳百玖拾

雍正五年撥歸澎湖通判管轄民丁陸百柒拾貳

雍正九年鳳山縣撥歸本縣管轄戶捌百玖拾柒口捌百玖拾柒

又諸羅縣撥歸本縣管轄民丁叁百肆拾貳

又本縣撥歸鳳山縣管轄戶壹百壹拾玖口壹百壹拾玖

乾隆二年諸羅縣撥歸本縣管轄民丁壹百貳拾柒

通縣實在共計戶捌千陸百貳拾肆口壹萬零捌百陸拾伍康熙五十五年至乾隆二年編審共增出人丁叁百捌拾伍十六年編審共增出人丁陸百玖拾壹二十一年編審共增出人丁陸百零柒二十六年編審共增出人丁伍百壹拾叁俱前奉　詔盛世滋生永不

加賦

鳳山縣　舊額戶貳千肆百肆拾伍

口叁千肆百玖拾陸

又捌社土番口叁千伍百玖拾貳（男丁壹千柒百肆拾捌婦女壹千捌百肆拾肆）

康熙三十年編審新增口壹百壹拾捌（戶仍前）

康熙三十五年編審新增口玖拾捌

康熙四十年編審新增口壹百壹拾玖

康熙四十五年編審新增口壹百貳拾叁

康熙五十年編審新增口壹百貳拾肆

以上自康熙三十年起至五十年止共新增民丁五百捌拾貳（戶仍前）

新舊合計戶貳千肆百肆拾伍口肆千零柒拾捌

雍正九年撥歸臺灣縣管轄戶捌百玖拾柒口捌百玖拾柒

又臺灣縣撥歸本縣管轄戶壹百壹拾玖口壹百壹拾玖

通縣實在共計戶壹千陸百陸拾柒口叁千叁百（康熙五十五年至乾隆二年編審共增出人丁叁百肆拾壹乾隆二十年編審共增出人丁肆百伍拾除補額人丁貳百捌拾陸外實增出人丁壹百陸拾肆俱前奉詔盛世滋生永不加賦）

諸羅縣　舊額戶貳千肆百叁拾陸

口肆千壹百玖拾玖

康熙三十年編審新增口柒拾壹户仍前

康熙三十五年編審新增口肆拾伍

康熙四十年編審新增口肆拾壹

康熙四十五年編審新增口陸拾伍

康熙五十年編審新增口叁拾捌

以上自康熙三十年起至五十年止共新增民丁貳百陸拾户仍前

新舊合計户貳千肆百叁拾陸口肆千肆百伍拾玖

雍正二年撥歸彰化縣管轄人丁叁拾伍

雍正九年撥歸臺灣縣管轄人丁叁百肆拾貳

乾隆二年撥歸臺灣縣管轄人丁壹百貳拾柒

通縣實在户貳千肆百叁拾陸口叁千玖百伍拾伍康熙五十五年至乾隆二年編審增出滋生人丁叁百零柒乾隆二十六年總查户口實在叁萬壹千壹百玖拾户成丁男婦壹拾伍萬伍千貳百捌拾壹口幼丁壹拾伍萬貳千零玖口盛世滋生永不加賦

彰化縣

口叁拾伍雍正二年諸羅縣撥歸管轄

雍正九年撥歸淡防廳管轄口壹拾壹

通縣實在口貳拾肆雍正五年至乾隆二年編審共增出滋生人丁壹百貳拾伍不加賦

淡水廳

口壹拾壹雍正九年彰化縣撥歸管轄雍正十年至乾隆二十九年遞年編審共增出人丁叁拾又實在烟户男婦共叁萬叁百肆拾貳丁口俱奉詔盛世滋生永不加賦

澎湖廳

口陸百柒拾貳雍正五年臺灣縣撥歸管轄（雍正六年至乾隆二年編審共增出入丁壹百貳拾捌乾隆二十七年編查戶口實在貳千柒百伍拾貳戶成丁男婦壹萬壹千玖百叁拾捌口幼丁壹萬貳千壹百壹拾肆口盛世滋生永不加賦）

臺灣縣 舊額民丁捌千伍百柒拾玖（每丁徵銀肆錢柒分陸釐）共徵銀肆千零捌拾叁兩陸錢零肆釐

澎湖舊額民丁伍百肆拾陸共徵銀貳百伍拾玖兩捌錢玖分陸釐

康熙三十年起至五十年止編審新增民丁共壹千壹百陸拾伍共徵銀伍百伍拾肆兩伍錢肆分（內澎湖新增民丁壹百貳拾陸）

雍正九年鳳山縣撥歸本縣管轄民丁捌百玖拾柒共

徵銀肆百貳拾陸兩玖錢柒分貳釐

又諸羅縣撥歸本縣管轄民丁叁百肆拾貳共徵銀壹百陸拾貳兩柒錢玖分貳釐

雍正五年撥歸澎湖管轄民丁陸百柒拾貳共減徵銀叁百壹拾玖兩捌錢柒分貳釐

又撥歸鳳山縣管轄民丁壹百壹拾玖共減徵銀伍拾陸兩陸錢肆分肆釐

乾隆元年（改則每丁徵銀貳錢）實徵銀貳千壹百肆拾柒兩陸錢

乾隆二年諸羅縣撥歸本縣管轄民丁壹百貳拾柒共徵銀貳拾伍兩肆錢

實在民丁壹萬零捌百陸拾伍共徵銀貳千壹百柒拾

叁兩

乾隆十三年奉　文臺灣府丁銀匀配通郡田園徵輸

臺灣縣新舊田園共折壹拾叁萬叁千玖百捌畝叁分玖釐捌毫零分別上中下則科算匀配共徵匀丁銀陸百玖拾叁兩貳錢柒分貳釐伍毫零內乾隆拾捌年豁免被水沖陷無徵銀壹拾壹兩玖錢捌毫零乾隆十九年新墾田園應加徵匀丁銀壹錢捌分貳釐捌毫零通縣實在共徵匀丁銀陸百捌拾壹兩伍錢伍分肆釐伍毫零

雍正二年諸羅縣撥歸本縣管轄大傑巔番社年徵餉銀壹百玖拾兩伍錢壹分貳釐乾隆二年改徵番丁壹

百貳拾照民丁例共徵銀貳拾肆兩

雍正九年諸羅縣撥歸本縣管轄卓猴番社年徵餉銀陸拾叁兩乾隆二年改徵番丁柒拾照民丁例共徵銀壹拾肆兩

又新港番社年徵餉銀叁百玖拾伍兩肆錢伍分陸釐乾隆二年改徵番丁壹百柒拾伍共徵銀叁拾伍兩

鳳山縣　舊額民丁叁千肆百玖拾陸每丁徵銀肆錢柒分陸釐共徵銀壹千陸百陸拾肆兩零玖分陸釐

康熙三十年起至五十年止編審新增人丁共伍百捌拾貳共徵銀貳百柒拾柒兩零叁分貳釐

雍正九年撥歸臺灣縣民丁捌百玖拾柒共減徵銀肆

百貳拾陸兩玖錢柒分貳釐

臺灣縣撥歸本縣管轄民丁壹百壹拾玖共徵銀伍拾陸兩陸錢肆分肆釐

實在民丁叁千叁百乾隆元年改則每丁徵銀貳錢實徵銀陸百陸拾兩

乾隆十二年奉 文臺灣府丁銀勻配通郡田園徵輸鳳山縣新舊田園共折壹拾叁萬叁千肆百捌拾捌畝伍釐零分別上中下則科算勻配共徵勻丁銀柒百壹拾柒兩叁錢貳分捌釐零內乾隆十八年豁免崩陷無徵勻丁銀柒兩陸錢柒分柒釐乾隆二十四年豁免崩陷無徵勻丁銀陸錢陸釐零

通縣實在共徵勻丁銀柒百零玖兩肆分伍釐零內據現行科則檔冊實加徵勻丁銀貳拾壹兩捌錢玖分零乾隆二十七年鳳山縣王瑛曾詳請改正在案

下淡水八社番丁舊額年徵粟石折徵銀貳千零壹拾陸兩玖錢叁分陸釐

乾隆二年額徵社餉改照民丁例八社番丁共計壹千柒百肆拾捌共徵銀叁百肆拾玖兩陸錢下淡水社番丁貳百玖拾貳 力力社番丁壹百陸拾 茄藤社番丁貳百捌拾 放綀社番丁貳百捌拾陸 上淡水社番丁貳百叁拾柒 阿猴社番丁壹百陸拾壹 搭樓社番丁貳百叁拾肆 大澤機社番丁玖拾捌

土番社四社共徵銀壹百柒拾玖兩貳錢貳分貳釐肆毫加六堂社徵銀肆拾玖兩叁錢玖分貳釐 瑯嶠社徵銀伍拾壹兩壹錢伍分陸釐 琉球社徵銀玖兩捌錢柒分捌釐零 卑南覓社徵銀陸拾捌兩柒錢玖分陸釐

歸化生番十社共輸鹿皮伍拾張折徵銀壹拾貳兩山猪毛社 八絲力社 加蚌社 加無朗社 礁磅其難社 加少山社 北葉安社 山裡留社 施汝臘社 錫干社

雍正二年歸化生番一十八社共輸鹿皮玖拾張折徵銀貳拾壹兩陸錢加走山社 施率臘社 拜律社 礁網曷氏社 毛絲絲社 七腳亭社 柯律社 加無朗社 加籠雅社 加泵社 陳阿脩社 務期逸社 礁勝加物社 陳阿難社 益難社 加者惹也社 勃朗錫干社 望仔立社

雍正三年歸化生番一十九社共輸鹿皮玖拾伍張折徵銀貳拾貳兩捌錢猫仔社 紹猫釐社 猪勝束社 蚊率合蘭社 上哆囉快社 蚊率社 猴洞社 龜勝律社 猫龍逸社 猫里毒社 滑思滑社 加錐來社 施那隔社 新蟯牡丹社 下哆囉快社 德社 標留社 尚有二社前志失載

乾隆二年定每社實徵鹿皮貳張通計生番四十七社共徵鹿皮玖拾肆張每張折徵銀貳錢肆分實共徵銀貳拾貳兩伍錢陸分

諸羅縣 舊額民丁肆千壹百玖拾玖每丁徵銀肆錢柒分陸釐共徵銀壹千玖百玖拾捌兩柒錢貳分肆釐

康熙三十年起至五十年止新增民丁貳百陸拾共徵銀壹百貳拾叁兩柒錢陸分

雍正二年撥歸彰化縣民丁叁拾伍共減徵銀壹拾陸兩陸錢陸分

又雍正九年撥歸臺灣縣民丁叁百肆拾貳共減徵銀壹百陸拾貳兩柒錢玖分貳釐

乾隆元年改則每丁徵銀貳錢共徵銀捌百壹拾陸兩肆錢
乾隆二年撥歸臺灣縣民丁壹百貳拾柒共減徵銀貳
拾伍兩肆錢
實在民丁叁千玖百伍拾伍共徵銀柒百玖拾壹兩
乾隆十三年奉　文臺灣府丁銀勻配通郡田園徵輸
諸羅縣新舊田園共折　拾　萬　千　百　拾　畝
分　釐零分別上中下則科算勻配共徵勻丁銀壹
千零叁拾伍兩壹錢叁分陸釐叁毫零內
乾隆二十年豁免兜䏶無徵勻丁銀伍兩貳錢玖分零
通縣實在共徵勻丁銀壹千貳拾玖兩捌錢叁分玖釐
零

舊額土番社三十四社每社徵銀不等共徵銀柒千五百柒拾
叁兩壹錢陸分叁釐諸羅山社徵銀陸拾伍兩貳錢陸分捌釐哆咯嘓社徵銀叁百壹拾叁兩玖錢玖分貳釐　大武壠社併附噍吧哖木岡芋匏內優等四社合徵銀玖百壹拾肆兩捌錢壹分零　麻豆社徵銀壹百柒拾貳兩捌錢柒分貳釐　目加溜灣社併附新社二社合徵銀壹百壹拾叁兩貳錢肆分捌釐零　蕭壠社徵銀肆百伍拾貳兩貳錢捌分玖釐零　新港社併附卓猴社合徵銀肆百伍拾捌兩肆錢伍分陸釐　大傑巔社徵銀壹百玖拾兩零伍錢壹分貳釐　阿里山社併附踏枋鹿楮唭囉婆盧麻產干仔務等五社併叁拾肆年新附崇爻芝舞蘭芝密猫丹筠椰椰多難水輦薄薄竹腳宣等九社共十四社合徵銀壹百伍拾伍兩貳錢叁分貳釐　奇冷岸社徵銀壹拾貳兩玖錢零　大上佛社徵銀壹拾柒兩玖錢捌分貳釐零　他里霧社徵銀伍拾兩零捌錢叁釐零猴悶社徵銀肆拾玖兩叁錢玖分貳釐柴裡斗六社徵銀叁百伍拾貳兩捌錢　西螺社徵銀貳百零肆兩陸錢貳分肆釐　東螺社併附眉裡二社合徵銀叁百柒拾兩零肆錢肆分　南社徵銀捌百零陸兩伍錢零

二林社徵銀肆百貳拾伍兩壹錢貳分肆釐 大突社徵銀壹百零伍兩捌錢肆分 貓兒干社徵銀貳百肆拾陸兩玖錢陸分 大武郡 牛相觸 二重坡社徵銀壹百陸拾伍兩肆錢陸分叁釐零 南北投社併附 貓羅社合徵銀伍百零壹兩叁錢貳分捌釐零 馬芝遴社徵銀貳百壹拾伍兩玖錢壹分叁釐零 半線大肚社併附 柴坑仔 水裡二社合徵銀叁百叁拾壹兩肆錢肆分貳釐 阿束社徵銀柒拾兩零玖錢壹分貳釐零 貓霧捒社徵銀貳拾玖兩陸錢叁分伍釐零 沙轆 牛罵社徵銀貳拾叁兩貳錢捌分肆釐零 蓬山社併附 大甲東 大甲西 宛裡 房裡 南日 雙寮 貓盂 吞霄等八社合徵銀壹百叁拾肆兩肆錢壹分陸釐零 新港仔併附 後壠社 貓社 嘉志閣 中港仔等四社合徵銀玖拾捌兩柒錢捌分肆釐 竹塹社徵銀叁百柒拾捌兩 南嵌社併附 坑子 龜崙 霄裡等三社合徵銀玖拾捌兩柒錢捌分肆釐 淡水社併附 北投 麻少翁 武勞灣 大浪泵 擺接 雞柔等六社合徵銀貳拾貳兩伍錢柒分玖釐 雞籠社併附 金包裡等二社合徵銀貳拾貳兩伍錢柒分玖釐零

康熙三十二年新附土番六小社共徵銀玖拾捌兩伍錢 內木武郡赤嵌社徵銀叁拾貳兩 水沙連思麻丹社徵銀壹拾貳兩 麻咄目靠社徵銀壹拾貳兩 挽鱗倒咯社徵銀壹拾壹兩伍錢 挖裡蟬蠻蠻社徵銀壹拾貳兩 干仔霧社徵銀壹拾貳兩

康熙五十四年新附土番五小社共徵鹿皮伍拾張折徵銀壹拾貳兩 內岸裡社 掃捒社 烏牛難社 阿里史社 樸仔離社

雍正二年新歸化生番本籐等四社年納鹿皮折餉銀肆兩捌錢

雍正二年撥歸彰化縣管轄東螺等二十二社餉銀叁千陸百伍拾兩壹錢柒分貳釐 東螺 西螺 大突 馬芝遴 南北投 貓羅 二林 貓兒干 阿束 大武郡 牛罵 沙轆 貓霧捒 水裡 水沙連 蓬山 後壠 大肚 南社 竹塹 淡水 蛤仔難

雍正三年撥歸臺灣縣管轄大傑巔一社減徵銀壹百

玖拾兩伍錢壹分貳釐
雍正九年撥歸臺灣縣管轄新港卓猴二社減徵銀肆百伍拾捌兩肆錢伍分陸釐
實在番社二十四社共額徵餉銀叄千伍百貳拾伍兩陸錢捌分柒釐捌毫
乾隆二年額徵社餉改照民丁例十社番丁共計壹千零捌拾貳共徵銀貳百壹拾陸兩肆錢（內目加溜灣社番丁壹百壹拾柒　蕭壠社番丁壹百貳拾叄　蘇荳社番丁壹百壹拾陸　大武壠社併附噍吧哖木岡芋匏內優等社番丁壹百玖拾叄　哆咯嘓社番丁柒拾諸羅山社番丁陸拾貳　打貓社番丁陸拾貳　他里霧社番丁伍拾玖　柴裡社番丁壹百零捌　阿里山社併附踏紡大圭佛于仔務盧麻產蒲丹奇冷岸鹿楮唭嚟婆崇爻芝舞蘭芝密薄薄竹仔宣筠椰椰多難水輦等社番丁壹百柒拾貳）

乾隆二年本祿等四社改徵本色鹿皮八張（每張變價該銀貳錢肆分）共銀壹兩玖錢貳分
彰化縣　雍正二年諸羅縣撥歸本縣管轄人丁叄拾伍（每丁徵銀肆錢柒分陸釐）共徵銀壹拾陸兩陸錢陸分
雍正九年撥歸淡防廳管轄人丁壹拾壹共減徵銀伍兩貳錢叄分陸釐
實在人丁二十四共徵銀壹拾壹兩肆錢貳分肆釐乾隆元年改則（每丁徵銀貳錢）共徵銀肆兩捌錢
乾隆十三年奉　文臺灣府丁銀勻配通郡田園徵輸
彰化縣新舊田園共折壹拾肆萬肆千零陸畝捌分伍

釐玖毫零分別上中下則科算勻配共徵勻丁銀壹千壹百陸拾兩壹錢壹分零內

乾隆十三年豁免無徵勻丁銀柒兩壹分叁毫零

乾隆十五年豁免無徵勻丁銀壹拾捌兩陸錢叁分貳釐零

通縣實在共徵勻丁銀壹千壹百叁拾肆兩肆錢陸分柒釐零內據現行檔案實徵勻丁銀壹千玖拾壹兩柒錢肆分貳釐零又溢徵勻丁銀貳拾兩柒錢柒分壹釐零實少加勻丁銀貳拾壹兩捌錢伍分叁釐零乾隆二十年經彰化縣朱山造報墾豁除清冊詳明在案

又諸羅縣撥歸管轄土番大社二十二社內附小社五十一社額徵銀叁千陸百伍拾兩壹錢柒分貳釐

雍正九年撥歸淡防廳管轄土番大社五社內附小社二十四社減徵銀壹千貳百伍拾捌兩壹錢叁分陸釐

實額徵土番大社一十七社內附小社二十七社額徵銀貳千叁百玖拾貳兩零叁分陸釐

雍正十年豁免大肚社餉銀壹百陸拾捌兩

實徵餉銀貳千貳百貳拾肆兩零叁分陸釐

乾隆二年改則額徵社餉改照民丁例每丁徵銀貳錢

實在土番社壹拾柒社內附小社二十七社共番丁貳千叁百壹拾捌每丁徵銀貳錢共徵銀肆百陸拾叁兩陸錢內西螺社番丁壹百零壹東螺社番丁壹百零貳眉裡社番丁玖拾柒大突社番丁玖拾壹馬芝遴社番丁壹百零肆南北投社併附猫羅社番丁共壹百柒拾叁二林社番丁捌拾肆猫兒干社番丁玖拾肆阿東社番丁壹

百零柒　大武郡社番丁玖拾柒　感恩社番丁肆拾
陸　遷善社番丁伍拾伍　半線社併附　柴坑仔社
番丁共壹百壹拾肆　猫霧拺社番丁肆拾伍　大肚
社併附　水裡社番丁共壹百壹拾捌　南社番丁貳
百零貳　水沙連社併附　決裡社　毛卒社　射仔
社　大基猫丹社　木叩社　木武郡社　子黑社
佛仔希社　倒咯社　巒巒社　田仔社　猫難社
田頭社　恩顛社　挽蘭社　蛤裡難社　外挽蘭社
外猫裡　眉社　內猫裡　眉社　平了萬社　斗截社
致霧社　哆囉郎社　福骨社　番丁共陸百捌拾捌

又諸羅縣撥歸生番歸化岸裡等番社大小共五社輸
納鹿皮價銀壹拾貳兩
雍正四年新收生番歸化巴荖遠等四社輸納鹿皮價
銀柒兩貳錢
雍正十二年新收生番歸化沙里興等一社輸納鹿皮
價銀貳兩肆錢

雍正九年撥歸淡防廳管轄生番歸化麻著舊社折納
鹿皮價銀叄兩陸錢捌分
實徵生番歸化番社六大小共九社折納鹿皮價銀壹拾
柒兩玖錢貳分
乾隆元年減徵鹿皮價銀壹拾叄兩陸錢實在生番歸
化大小番社共九社定以年輸鹿皮壹拾捌張　每張價銀貳錢
肆分　共銀肆兩叄錢貳分　岸裡社併附　掃拺社　烏牛
欄社　阿里史社　樸仔籬等
社共輸鹿皮壹拾張價銀貳兩肆錢　巴荖遠社併附
獅頭　獅尾等社共輸鹿皮陸張價銀壹兩肆錢肆
分　沙里興社輸鹿皮
貳張價銀肆錢捌分
淡水廳　雍正九年彰化縣撥歸管轄人丁壹拾壹　每丁徵銀
肆錢柒分陸釐　共徵銀伍兩貳錢叄分陸釐

乾隆元年改則（每丁徵銀貳錢）共徵銀貳兩貳錢
乾隆十二年奉 文臺灣府丁銀勻配通郡田園徵輸
淡水廳屬新舊田園共折壹萬玖千柒百叁拾柒畝伍
分叁釐零分別上中下則科算勻配共徵勻丁銀壹百
陸拾兩伍錢貳分壹釐零內
乾隆二十四年豁免勻丁銀貳兩捌錢肆分柒釐零
廳屬實在共徵勻丁銀壹百伍拾柒兩陸錢柒分叁釐
零
雍正九年彰化縣撥歸管轄土番大社五社（內附小社二十四社）
額徵銀壹千貳百伍拾捌兩壹錢叁分陸釐
乾隆二年社餉改照民丁例（每丁徵銀貳錢）實徵土番大社五

社（內附小社二十四社）共番丁壹千叁百貳拾伍（每丁徵銀貳錢）共徵銀
貳百陸拾伍兩（內遂山社並附大甲東宛裡南日猫盂德化房裡雙寮吞霄等社番丁共叁百伍拾後壠社並附新港仔猫裡嘉志閣中港等社番丁共叁百零柒竹塹社番丁捌拾玖淡水社並附南嵌龜崙南北投大浪泵擺接霄裡坑仔武勞灣雞柔山鷄籠金包裡等社番丁共伍百柒拾玖蛤仔難社並附哆囉滿社原徵餉銀叁拾兩該社淡水遙事於四五月間南風盛發率多社番買置貨物舟載往社內貿易年認輸餉銀叁拾兩今奉文減免徵丁）
又雍正九年彰化縣撥歸管轄生番歸化麻薯舊社折
納鹿皮價銀叁兩陸錢捌分
乾隆二年減徵鹿皮價銀貳兩柒錢貳分實徵生番歸
化番定社以年輸鹿皮肆張（每張價銀貳錢肆分）共徵銀玖錢陸
分（內麻薯社輸納鹿皮貳張變價銀肆錢捌分舊社輸納鹿皮貳張價銀肆錢捌分）

新收生番歸化各番社輸納鹿獐皮各壹張價銀肆錢捌分

澎湖廳　雍正五年臺灣縣撥歸管轄人丁陸百柒拾貳（每丁徵銀肆錢柒分陸釐）共徵銀叁百壹拾玖兩捌錢柒分貳釐

乾隆元年改則（每丁徵銀貳錢）共徵銀壹百叁拾肆兩肆錢

鹽課

臺灣府　鹽埕貳千柒百肆拾肆格共徵銀貳千肆百叁拾陸兩壹錢肆分叁釐零（舊諸羅彰化淡水澎湖均無鹽埕後乾隆二十年諸羅安定里增築鹽埕六十五格）

臺灣縣　鹽埕壹千肆百貳拾貳格（每格大小不等計算壹千伍百肆拾叁丈壹尺伍寸每丈徵銀肆錢玖分）共徵銀柒百伍拾陸兩壹錢肆分叁釐

零（埕有二其一在洲南塲一在洲北塲）

鳳山縣　鹽埕壹千叁百貳拾叁格共徵銀壹千陸百捌拾兩（舊埕二一在瀨北塲一在瀨南塲後雍正九年瀨北塲改歸臺灣縣管轄乾隆二十一年後設瀨東瀨西二塲移新補舊統仍原額）

按以上乾隆十年舊志原額乾隆二十八年查臺灣府鹽課每年奉　文額銷壹拾壹萬担（每担壹百觔）共徵番廣銀叁萬陸千叁百兩除完解臺鳳二縣鹽埕餉費銀叁千壹百貳拾伍兩肆錢貳分叁釐零該番銀叁千肆百叁拾肆兩伍錢叁分壹釐零又支給養廉役食郵價運費外餘銀折實紋庫按年同埕餉銀劃兌兵餉

附考

臺地自入版圖之後鹽皆歸於民曬民賣其鹽埕餉銀由臺鳳兩邑分徵批解緣民曬民賣價每不平雍正四年四月內歸府管理其鹽場分設四處洲南洲北二場坐落臺邑武定里瀨南一場坐落鳳邑大竹橋莊瀨北一場原坐落鳳邑新昌里今割歸臺邑管轄四場曬丁計叁百叁拾伍名洲南場設巡丁八名洲北場設巡丁十名瀨南場設巡丁四名瀨北場設巡丁六名晝夜巡邏每場設管事一人泒家丁一人專司稽查以防透漏夏秋恒多雨水鹽埕泥濘不能曬鹽惟春冬二季天氣晴爽方或收曬四場鹽埕共貳千柒百肆拾肆格每埕所出之鹽盡數用制斛盤量收倉每月照數給價曬丁

収領洲南洲北瀨南三場每交鹽一石給定價番廣銀壹錢貳分瀨南一場所出之鹽粒碎色黑遜於他場每交鹽壹石給定價番廣銀壹錢計四場收入倉鹽每年約玖萬拾萬拾壹萬石不等府治內設鹽館一處聽各縣販户莊民赴館繳課領單每鹽一石定課價番廣銀叁錢脚費銀叁分執單赴場支鹽各處運賣每年約銷捌玖萬石不等所賣鹽銀除每月支發鹽本及各場館辦事人役工食外餘悉存貯府庫按月造冊申報臺灣志畧

臺鳳兩邑原額徵鹽埕餉銀貳千肆百叁拾陸兩壹錢肆分零歲支公費銀壹千肆百捌拾玖兩貳錢捌分如數歸款俱實折紋庫同餘銀候文劃兌兵餉至各縣販

户莊民運賣鹽斤水載以船陸載以車視路遠近以定價直既絕私煎私販之弊復無忽低忽昂之患裕課便民誠胥善焉同上

各省鹽或煎或曬臺地止於海岸曬鹽南社冬日海岸水浸浮沙凝而爲鹽掃取食之不須煎曬所産不多漬物易壞崇爻山有鹹水泉番編竹爲鑊內外塗以泥取其水煎之成鹽赤嵌筆談

水餉

臺灣府　採捕并渡船共徵銀壹千叁百伍拾叁兩貳錢捌分伍釐零舊額柒百柒拾陸隻計載樑頭壹萬陸千陸百柒拾陸担柒拾伍斤每担徵銀柒分柒釐共徵銀壹千貳百捌拾肆兩壹錢壹分雍正六年報陞樑頭銀壹拾肆兩伍錢捌分陸釐雍正七年報陞樑頭銀伍拾肆兩伍錢捌分玖釐

尖艚并杉板船共肆百玖拾玖隻共徵銀貳百貳拾叁兩零貳分尖艚叁拾貳隻每隻徵銀捌錢肆分杉板并尖艚肆百陸拾柒隻每隻徵銀肆錢貳分

港潭二十四所每所徵銀不等共徵銀壹千貳百陸拾肆兩伍錢玖分伍釐貳毫

塭六口每口徵銀不等共徵銀壹百壹拾陸兩伍錢

罟繒罾縺蠔蠔等項共壹百貳拾玖張條每張條徵銀不等共徵銀陸百貳拾陸兩貳錢捌分

雍正六年續報罟繒尾溢陞科銀叁錢叁分叁釐陸毫

乾隆五年續報新陞小罾共五張每張徵銀捌錢肆分共徵銀肆兩貳錢

乾隆五年續報新陞大網二張每張徵銀叁兩伍錢共徵銀柒兩

乾隆八年新陞大網一張徵銀叁兩伍錢

網箔滬等項共一百三十八張口半每張口徵銀不等共徵銀壹百玖拾兩零伍錢肆分

採捕烏魚給旗九十四枝每枝徵銀壹兩零伍分共徵銀玖拾捌兩柒錢

以上通共徵銀叁千捌百捌拾柒兩玖錢伍分叁釐捌毫

按以上乾隆十年舊志原額乾隆二十八年查各廳縣並有新陞轄除等餉詳具各廳縣水餉下

臺灣縣　採捕小船二百八十九隻計載樑頭柒千陸百柒拾陸擔每擔徵銀柒分柒釐共徵銀伍百玖拾壹兩零伍分貳釐

舊有尖艚船五隻每隻徵銀肆錢貳分共徵銀肆兩壹錢于雍正五年撥歸澎湖通判管轄杉板頭船玖拾柒隻每隻徵銀肆錢貳分共徵銀肆拾兩零柒錢肆分于雍正五年撥歸澎湖通判管轄

雍正七年報陞樑頭餉銀伍拾肆兩伍錢捌分玖釐

港潭六所共徵銀肆百貳拾伍兩陸錢貳分肆釐

舊有大鯤身港一所雍正九年撥歸鳳山縣管轄

風櫃門塭一口徵銀柒兩零伍分陸釐

喜樹仔小塭一口徵銀壹兩雍正九年鳳山縣撥歸管轄

鹽埕小塭一口徵銀伍錢雍正九年鳳山縣撥歸管轄

雍正十三年報陞風櫃門塭餉銀柒兩玖錢肆分肆釐

罟六張每張徵銀壹拾壹兩柒錢陸分共徵銀柒拾兩伍錢陸分

繒三張每張徵銀肆兩貳錢共徵銀壹拾貳兩陸錢

小繒九張每張徵銀貳兩貳錢共徵銀壹拾玖兩捌錢雍正九年鳳山縣撥歸管轄

罟三條每條徵銀伍兩捌錢捌分共徵銀壹拾柒兩陸錢肆分

縺九條每條徵銀伍兩捌錢捌分共徵銀伍拾貳兩玖錢貳分

蠔九條每條徵銀伍兩捌錢捌分共徵銀伍拾貳兩玖錢貳分

舊有澎湖大網一十六張每張徵銀叁兩伍錢共徵銀伍拾陸兩　箔網二張每張徵銀壹兩貳錢陸分共徵銀貳兩伍錢貳分　大滬二口每口徵銀捌錢肆分共徵銀壹兩陸錢捌分　小滬二十口每口徵銀肆錢貳分共徵銀捌兩肆錢雍正五年撥歸澎湖管轄

以上通共徵銀壹千叁百壹拾肆兩貳錢零伍釐

鳳山縣　安平鎮渡船三十四隻計載樑頭玖百捌拾玖

擔每擔徵銀柒分柒釐共徵銀柒拾陸兩壹錢伍分叁釐

採捕小船貳百伍拾陸隻計載樑頭伍千零三十八擔

共徵銀叁百捌拾柒兩玖錢貳分陸釐

雍正六年報陞樑頭銀壹拾肆兩伍錢捌分陸釐零以上

樑頭餉銀共徵銀肆百柒拾捌兩陸錢陸分伍釐零內乾隆十八年豁免遭風擊碎小船一百零九隻無徵銀壹百陸拾叁兩陸錢貳分零又豁免失水無徵渡餉銀壹兩柒錢貳分貳釐零二十一年豁免遭風擊碎小船二十三隻無徵銀叁拾叁兩壹錢捌分柒釐今實徵銀貳百捌拾兩肆錢叁分肆釐

港潭四所竹滬打鼓蟯港萬丹共徵銀貳百壹拾兩玖錢柒分

肆釐零

舊尚有港塭一所徵銀柒兩零伍分陸釐雍正九年撥歸臺灣縣管轄

石螺潭一口徵銀壹拾貳兩

鯤身港一所徵銀貳百貳拾兩雍正九年臺灣縣撥歸管轄
舊有嘉樹作鹽埕埕二口徵銀壹兩伍錢雍正九年撥歸臺灣縣管轄
罟一十一張每張徵銀壹拾壹兩柒錢陸分共徵銀壹百貳拾玖兩叁錢陸分
縍二張每張徵銀肆兩貳錢共徵銀捌兩肆錢
䍁一條徵銀伍兩捌錢捌分
縺一十一條每條徵銀伍兩捌錢捌分共徵銀陸拾肆兩陸錢捌分
蠔八條每條徵銀伍兩捌錢捌分共徵銀肆拾柒兩零肆分
箔二條每條徵銀伍兩捌錢捌分共徵銀壹拾壹兩柒錢陸分
又罟縍尾溢陞科銀叁錢叁分叁釐陸毫雍正六年續報
以上罟縍䍁縺蠔箔等餉共徵銀貳百陸拾柒兩肆錢伍分叁釐零內乾隆十八年豁免遭風沉沒罟二張無

徵銀貳拾叁兩伍錢貳分縺叁條無徵銀壹拾柒兩陸錢肆分
採捕烏魚旗九十四枝每枝徵銀壹兩零伍分共徵銀玖拾捌兩柒錢舊有小縍九張徵銀壹拾玖兩捌錢雍正九年撥歸臺灣縣管轄
以上烏魚旗餉額內乾隆十八年豁免遭風失水魚旗二枝無徵貳兩壹錢
以上通共徵銀壹千零肆拾陸兩伍錢叁分貳釐

諸羅縣

採捕大小魚船壹百玖拾伍隻共載樑頭貳千玖百肆拾叁擔柒拾伍斤每擔徵銀柒分柒釐共徵銀貳百貳拾陸兩陸錢陸分玖釐
魚塭二口共徵銀壹百兩
新港并目加留灣一所徵銀貳拾柒兩壹錢陸分伍釐陸毫

直如弄西港仔含西港一所徵銀玖拾柒兩叁錢柒分貳釐捌毫

茄藤頭港一所徵銀壹百陸拾玖兩叁錢肆分肆釐

南鯤身港一所徵銀叁拾伍兩貳錢捌分

猴樹并礁巴與潭蠔嗌港筞港一所徵銀貳拾貳兩貳錢玖分陸釐肆毫

舊有海豐等四港雍正二年撥歸彰化縣管轄

繒二張每張徵銀肆兩貳錢共徵銀捌兩肆錢

縺五條每條徵銀伍兩捌錢捌分共徵銀貳拾玖兩肆錢

罟一張徵銀伍兩捌錢捌分

繚二條每條徵銀伍兩捌錢捌分共徵銀壹拾壹兩柒錢陸分

蠔八條每條徵銀伍兩捌錢捌分共徵銀肆拾柒兩零肆分

舊有罟一張徵銀壹拾壹兩柒錢陸分雍正二年撥歸彰化縣管轄

以上通共徵銀柒百捌拾肆兩零柒釐捌毫

彰化縣　小船壹百叁拾伍隻共徵銀壹百伍拾伍兩捌錢捌分伍釐內雍正九年新陞二隻共徵銀貳兩叁錢壹分乾隆十二年新陞二隻共徵銀貳兩叁錢壹分十三年新陞四十五隻共徵銀五拾壹兩玖錢叁分五釐十四年新陞八十四隻共徵銀玖拾柒兩貳分二十一年新陞二隻共徵銀貳兩叁錢壹分

舊額港四所共徵銀叁拾捌兩柒錢叁分捌釐海豐港一所徵銀貳拾肆兩捌錢肆分鹿仔港一所徵銀壹拾貳兩肆錢玖分捌釐三林港一所徵銀壹兩港仔尾一所徵銀肆錢雍正二年諸羅縣撥歸管轄

新陞港三所共徵銀伍兩捌錢水裡港一所徵銀叁兩番仔橋港一所徵銀壹

兩肆錢大奚溝港一所徵銀壹兩肆錢雍正二年諸羅縣撥歸管轄

罟一張徵銀伍兩捌錢捌分 舊有罟一張徵銀壹拾壹兩柒錢陸分雍正七年撥歸淡水廳管轄

以上通共徵銀貳百零陸兩叁錢肆分叁釐

淡水廳

罟一張徵銀壹拾壹兩柒錢陸分 雍正九年彰化縣撥歸管轄

澎湖廳

尖艚船三十四隻 每隻徵銀捌錢肆分 共徵銀貳拾捌兩伍錢陸分 舊額五隻雍正五年臺灣縣撥歸管轄六年增貳拾柒隻八年增二隻

杉板船四百六十三隻 每隻徵銀肆錢貳分 共徵銀壹百玖拾肆兩肆錢陸分 原額九十七隻共徵銀肆拾兩零柒錢肆分雍正五年臺灣縣撥歸管轄六年新增貳百零七隻共徵銀捌拾陸兩玖錢肆分七年新增壹百貳拾壹隻共徵銀伍拾兩捌錢貳分八年新增壹拾

五隻共徵銀陸兩叁錢十年報陞三隻共徵銀壹兩貳錢陸分雍正十三年報陞一十二隻共徵銀伍兩零肆分乾隆四年報陞八隻共徵銀叁兩叁錢陸分

大網二十六張 每張徵銀叁兩伍錢 共徵銀玖拾壹兩 雍正五年臺灣縣撥歸大網一十六張徵銀伍拾陸兩七年報陞大網四張徵銀壹拾肆兩十三年報陞大網一張徵銀叁兩伍錢乾隆四年報陞二張徵銀柒兩五年報陞二張徵銀柒兩八年報陞一張徵銀叁兩伍錢

小網三十六張 每張徵銀壹兩柒錢伍分 共徵銀陸拾叁兩 原額二十五張徵銀肆拾叁兩柒錢伍分雍正十三年報陞六張徵銀壹拾兩伍錢乾隆四年報陞三張徵銀捌兩柒錢伍分

箔網二張 每張徵銀壹兩貳錢陸分 共徵銀貳兩伍錢貳分

小箔網一張徵銀陸錢叁分

大滬二口 每口徵銀捌錢肆分 共徵銀壹兩陸錢捌分

小滬七十二口半 每口徵銀肆錢貳分 共徵銀叁拾兩零肆錢伍

分原額二十口徵銀捌兩肆錢雍正六年報陞三十四口徵銀壹拾肆兩貳錢捌分八年報陞牛口徵銀貳錢壹分十三年陞報一十八口徵銀柒兩伍錢陸分

小罾三十四張每張徵銀捌錢肆分共徵銀貳拾捌兩伍錢陸分原額一十張徵銀捌兩肆錢雍正七年報陞六張徵銀伍兩零肆分八年報陞張徵銀壹兩陸錢捌分十年報陞二張徵銀壹兩陸錢捌分十三年報陞捌張徵銀陸兩柒錢貳分乾隆四年報陞一張徵銀捌錢肆分伍年報陞伍張徵銀肆兩貳錢

以上通共徵銀肆百肆拾兩零捌錢陸分

附考

乾隆二年

上諭朕查閩省澎湖地係海中孤島並無田地可耕附島居民咸置小艇捕魚以餬其口昔年提臣施琅倚勢霸

佔立爲獨行每年得規禮壹千貳百兩及許良彬到任後遂將此項奏請歸公以爲提督衙門公事之用每年交納率以爲常行家任意苛求魚人多受剝削頗爲沿海窮民之苦累着總督郝玉麟宣朕諭旨永行禁革其現在捕魚船隻飭令該地方官照例編號稽查辦理此項陋規既經裁除若水師提督衙門有公用必不可少之處着郝玉麟將他項銀兩酌撥數百金補之

捕魚處所有蠔潭港塭之分蠔者指海坪產蠔之處而言駕小船用鐵鈀於水底取之潭者平埔開窩積水甚深魚蝦多蓄其中港者海水支流之處塭者就海坪築岸納水蓄魚而名臺灣志略

捕魚器具有罟罾縺藏罛箔之目網有大小而用法各別每罟一張駕船二隻先放海底後用四五十人兩頭牽挽圍攏海邊得魚最多罾有車罾舉罾搖罾等屬車罾系掛海坪岸搭高寮下罾時漁人在寮上將罾索用車牽起有魚則捕之舉罾止用一人於港潭沿海皆可採捕搖罾必需五六人駕龍艚船帶小舢仔船捕魚外海縺於冬春二時在外海捕塗魠等大魚用之藏則專於隆冬以捕烏魚故又名討烏罛者網上有盪能浮水面下繫網袋無數每袋各掛鉛墜沉入水底魚入袋中輙蔽不能出大罛置諸外海小罛置諸內港箔者乘潮將蒲揷在海坪雜羅水族水汐則取之無一遺者同上

澎湖有大網口濶尾尖即北地之畚也每口用大杉木二枝竪竪港口長流之所名曰網桁以網掛於桁上凡有魚蝦之屬盡藏其中潮退舉起解網尾出之同上

滬用石碎圍築海坪之中水滿魚藏其內水汐則捕之同上

烏魚旗罟者結網長百餘丈廣丈餘駕船載出常數十人曰牽罟赤嵌筆談

罾者樹大竹棚於水涯高二丈許曰水棚罾以漁縺小於罟罛又小於縺網長可數十丈廣五六尺曰牽縺曰牽罛

蠔蠣房也即以為取之之名用竹二長丈餘各貫鐵於

未如剪刀於海水淺處鈎致螺房同上

縤垂餌以釣魚也大繩長數十丈繫一頭於岸浮舟出海每尺許全數鈎大小不一繩盡則返棹而收曰放縤同上

烏魚於冬至前後盡出由諸邑鹿子港先出次及安平鎮大港後至瑯嶠海脚于石鑄處放子仍回北路或云自黃河來冬至前所捕之魚名曰正頭烏則肥冬至後所捕之魚名曰倒頭烏則瘦漁人有自廈門澎湖伺其來時赴臺採捕同上

大小滬箔者削竹片為之繩縛如簾高七八尺長數十丈就海坪處所豎木杙趁潮水未滿縛箔於木杙上留

一箔門約寬四五尺潮漲時魚隨水入以網截塞箔門潮退魚不得出採取之滬者於海坪潮漲所及處周圍築土岸高一二尺留缺為門兩旁豎木柱掛小網柱上截塞岸門潮漲淹沒滬岸魚蝦隨漲入滬潮退水由滬門出魚蝦為網所阻寬者為大滬狹者為小滬同上

鳳山雜餉給烏魚旗九十四枝旗用白布一幅刊刷烏魚旗字樣填寫漁户姓名縣印鈐蓋插於船頭帶網採捕同上

船制大小咸資水利名目各異一曰澎仔船平底單桅今多雙桅者可裝穀四五百石至七八百石一曰杉板頭船亦有插雙桅者可裝三四百石至六七百石一曰

一封書船雙桅樯盖平舖前後無艙可裁二三百石一曰頭尾密船單桅無艙中有拱蓬可裁百餘石至二百石皆往來南北各港貿易所乘一曰大舶仔船單桅拱蓬即大鎮渡船從府治渡往安平爲大鎮渡可裁百餘石亦或駕駛内港撥載一曰小舶仔船在嵌脚渡人載貨登岸一曰漁船即龍艚船亦鎮渡船之類一曰㲉仔船每船止容三人往各港採捕一曰富家船俗訛爲蛋家船漁人眷屬悉住其中無登岸結廬者盖浮家也皆往來各港採捕并鹿耳門安平鎮生理臺灣志畧

贌社者招捕鹿之人贌港者招捕魚之人俱沿山海盖草爲寮時去時來時多時少雖爲賦稅所從出實亦奸宄所由滋赤嵌筆談

陸餉

臺灣府 街市瓦草店厝共五千三百五十間每間徵銀不等共徵銀壹千肆百陸拾陸兩陸錢玖分伍釐零

牛磨五十首每首徵銀伍兩陸錢共徵銀貳百捌拾兩

雍正八年報陞牛磨月餉伍拾柒兩貳錢零肆釐

蔗車三百四十九張半每張徵銀伍兩陸錢共徵銀壹千玖百伍拾柒兩貳錢乾隆二年豁免蔗車一張減徵銀伍兩陸錢九年豁免蔗車一張八分零減徵銀壹拾兩壹錢零實徵蔗車三百四十六張共徵銀壹千玖百肆拾壹兩伍錢零

番檨檳榔共四十四宅每宅徵銀不等共徵銀壹百叁拾陸兩

瓦窑五座共徵銀壹拾貳兩伍錢

菜園三所共徵銀叁兩

新陞當稅銀伍拾兩

以上通共徵銀叁千玖百肆拾陸兩捌錢玖分玖釐

按以上乾隆十年舊志原額乾隆二十八年查各[illegible]縣並有新陞豁除等餉詳具各屬縣陸餉下

臺灣縣

街市瓦厝貳千陸百玖拾肆間每間徵銀叁錢零叁釐捌毫共徵銀捌百壹拾捌兩肆錢叁分柒釐零

草厝壹千柒百柒拾捌間每間徵銀貳錢壹分柒釐共徵銀叁百捌拾伍兩捌錢貳分陸釐

雍正九年鳳山縣撥歸本縣管轄土墼埕瓦厝五十二間每間徵銀叁錢零叁釐捌毫共徵銀壹拾伍兩柒錢玖分柒釐零

又草厝七十二間每間徵銀貳錢壹分柒釐共徵銀壹拾伍兩陸錢貳分肆釐

又安平鎮瓦厝一百六十六間每間徵銀壹錢陸分玖釐叁絲叁忽共徵銀貳拾捌兩零伍分玖釐零

又草厝二十九間每間徵銀捌分肆釐伍毫壹絲陸忽共徵銀貳兩肆錢伍分零

牛磨餉銀貳百貳拾伍兩貳錢零肆釐牛磨舊額三十首每首徵銀伍兩陸錢共徵銀壹百陸拾捌兩雍正八年報陞牛磨盈溢銀伍拾柒兩貳錢零肆釐

蔗車四十九張每張徵銀伍兩陸錢共徵銀貳百柒拾肆兩肆錢原額四十五張共徵銀貳百伍拾貳兩雍正八年報陞蔗車三張半徵銀壹拾玖兩陸錢雍正九年鳳山縣撥

歸蔗車二張半徵銀壹拾肆兩又撥歸鳳山縣蔗車一張減徵銀伍兩陸錢乾隆二年豁免蔗車一張減徵銀伍兩陸錢

番檨宅徵稅銀柒拾兩 雍正七年報陞

當稅銀伍拾兩 乾隆四年報陞伍兩五年報陞壹拾兩六年報陞伍兩八年報陞壹拾兩十年報陞貳拾兩乾隆二十八年當稅銀共陞壹百肆拾伍兩

以上通共徵銀貳千叁拾兩柒錢玖分玖釐

鳳山縣 蔗車一百張半 每張徵銀伍兩陸錢 共徵銀伍百陸拾貳兩捌錢 原額蔗車九張徵銀伍拾兩零肆錢康熙三十二年新陞二十張徵銀壹百壹拾貳兩雍正六年新陞二十九張半徵銀壹百陸拾伍兩貳錢七年新陞六張半徵銀叁拾陸兩肆錢八年新陞一張徵銀伍兩陸錢九年臺灣縣撥歸本縣管轄一張徵銀伍兩陸錢十三年新陞六張徵銀叁拾叁兩陸錢乾隆三年新陞捌張徵銀肆拾肆兩捌錢八年新陞六張半徵銀叁拾陸兩肆錢雍正九年撥歸臺灣縣管轄二張半減徵銀壹拾肆兩乾隆九年豁免半張減徵銀貳兩捌錢二十年新陞七張徵銀叁拾玖兩貳錢二十四年新陞九

張徵銀伍拾兩肆錢

番檨宅一所徵稅銀陸兩

當稅銀伍兩 乾隆十六年新陞

以上通共徵銀伍百柒拾叁兩捌錢

諸羅縣 笨港市厝五百九十九間 每間徵銀不等 共徵銀貳百兩零伍錢

蔗車一百五十五張六分九釐零 每張徵銀伍兩陸錢 共徵銀捌百柒拾壹兩玖錢零 舊額蔗車二十五張徵銀壹百肆拾兩雍正二年撥歸彰化縣管轄四張減徵銀貳拾貳兩肆錢又新陞一百三十五張共徵銀柒百伍拾陸兩乾隆九年豁免一張三分零減徵銀柒兩叁錢零十三年新陞一張徵銀伍兩陸錢

檳榔宅二十四所共徵銀陸拾兩

瓦礪磘五座共徵錢壹拾貳兩伍錢

菜園二所共徵銀叁兩（舊有牛磨一首徵銀伍兩陸錢雍正二年撥歸彰化縣管轄）

當稅銀壹百壹拾伍兩（乾隆十二年報陞伍兩十三年報陞拾伍兩十四年報陞貳拾兩十七年報陞拾兩十八年報陞拾伍兩二十年報陞伍兩二十二年報陞伍兩二十三年報陞拾兩二十四年報陞拾伍兩二十五年報陞伍兩二十六年報陞拾兩）

以上通共徵銀壹千貳百陸拾貳兩玖錢

彰化縣　蔗車六十二張半（每張徵銀伍兩陸錢）共徵銀叁百肆拾柒兩貳錢（雍正二年諸羅縣撥歸管轄四張徵銀貳拾貳兩肆錢新陞二十八張半徵銀壹百伍拾玖兩陸錢乾隆七年新陞九張半徵銀伍拾叁兩貳錢九年新陞一十五張半徵銀捌拾陸兩捌錢十二年新陞八張半徵銀肆拾柒兩叁錢十五年豁除三張半）

牛磨一十八首（每首徵銀伍兩陸錢）共徵銀壹百兩捌錢（雍正二年諸羅縣撥歸管轄一首徵銀伍兩陸錢新陞一十八首徵銀壹百兩零捌錢乾隆　年間一首減徵伍兩陸錢）

以上通共徵銀肆百肆拾捌兩

淡水廳　牛磨一首徵銀伍兩陸錢（乾隆九年新陞）

蔗車二張（每張徵銀伍兩陸錢）共徵銀壹拾壹兩貳錢（內乾隆九年陞一張　年陞一張）

以上通共徵銀壹拾陸兩捌錢

附考

臺邑額載厝餉磨餉二項俱始於偽鄭志載瓦厝草厝共徵銀壹千貳百肆兩零數十年來有片瓦寸草俱無

于姓零落及孤寡不能自存者亦必按冊拘追而大井頭一帶行店碁布終歲不出分文雍正元年五月所司查驗府治房店將破壞瓦厝草厝悉爲開除凡得大瓦厝柒千零七十四間小瓦厝一千七百零三間小者每間折半科算共七千九百二十五間半額餉勻攤每間責錢伍分壹釐玖毫有奇每戶給以餉單如倒壞無存者許執單繳驗註銷另查新蓋頂補磨三十首共額徵銀壹百陸拾捌兩除磨壞人亡者無從追比現徵十九首官年賠解十一首卽十九首內實在開市者不及十首餘皆牛磨倒壞按冊問賦與厝餉等而近年新開磨戶悉投營弁以開則完銀不開卽止今各戶給以照單按月照數勻徵將前項變爲活餉可以足額 赤嵌筆談

續修臺灣府志卷五終

續修臺灣府志卷之六

欽命巡視臺灣朝議大夫戶科給事中紀錄三次六十七　同脩

欽命巡視臺灣朝議大夫雲南道監察御史加一級紀錄三次范　咸

分巡臺灣道兼提督學政覺羅四明

臺灣府知府余文儀　續脩

賦役三　存留經費　官莊　養廉

存留經費

臺灣府　正雜餉稅共額徵銀壹萬叁千貳百柒拾壹兩壹錢柒分玖釐零內存支應經費銀捌千肆百壹拾叁兩叁錢貳分肆釐零餘儘劃充兵餉併各廳縣存庫支用○其支給款目詳見各縣

臺灣縣　正襍餉稅共額徵銀陸千壹百玖拾陸兩伍錢肆分柒釐零內除鹽埕餉銀柒百伍拾陸兩壹錢肆分叁釐零歸入鹽道衙門奏銷外實額徵銀伍千肆百肆拾兩零肆錢零肆釐零內存支應經費銀　千　百拾　兩　錢　分　釐零餘儘充兵餉

支給款目

分巡臺灣道俸銀陸拾貳兩零肆分肆釐舊閏年加銀伍兩壹錢柒分零今裁乾隆二十年鳳山縣解薪蔡俸銀肆拾貳兩玖錢伍分陸釐改歸就近解送今實支俸薪銀壹百零伍兩門子四名每名工食銀陸兩共銀貳拾肆兩閏年加銀貳兩年匀給銀捌錢實給銀貳拾肆兩捌錢　轎傘扇夫七名共銀肆拾貳兩閏年加銀叁兩伍錢年匀給銀壹兩肆錢實給銀肆拾叁兩肆錢　鋪兵二名共銀壹拾貳兩肆錢乾隆二十年鳳山原解聽事二名皂隸一十二名快手一

十二名共[illegible]十六名工食銀壹百陸拾壹兩貳錢改歸就近解給今實給役食銀貳百肆拾壹兩捌錢

本府俸銀陸拾貳兩肆分肆釐閏年加銀伍兩壹錢柒分零今裁

門子二名共銀壹拾貳兩閏年加銀壹兩年匀給銀肆錢實給銀壹拾貳兩肆錢

轎傘扇夫七名共銀肆拾貳兩閏年加銀叁兩伍錢年匀給銀壹兩肆錢實給銀肆拾叁兩肆錢

步快一十六名共銀玖拾陸兩閏年加銀捌兩年匀給銀叁兩貳錢實給銀玖拾玖兩貳錢

禁卒一十二名共銀柒拾貳兩閏年加銀陸兩年匀給銀貳兩肆錢實給銀柒拾肆兩肆錢乾隆二十年諸羅原解皂隸一十二名工食銀柒拾肆兩肆錢改歸就近解給今實給役食銀共壹百柒拾玖兩捌錢

舊有燈夫四名每名工食銀陸兩閏年加銀貳兩年匀給銀捌錢實給銀貳拾肆兩捌錢今裁

本府同知俸銀肆拾貳兩伍錢伍分陸釐閏年加銀叁兩伍錢肆分陸釐零今裁乾隆二十年諸羅原解薪凑俸銀叁拾柒兩肆錢肆分今改歸就近解送今實支俸銀捌拾兩

門子二名共銀拾貳兩閏年加銀壹兩年匀給銀肆錢實給銀壹拾貳兩肆錢

轎傘扇夫七名共銀肆拾貳兩閏年加銀叁兩伍錢年匀給銀壹兩肆錢實給銀肆拾叁兩肆錢

步快八名共銀肆拾捌兩閏年加銀肆兩年匀給銀壹兩陸錢實給銀肆拾玖兩陸錢乾隆二十年諸羅原解皂隸一十二名工食銀柒拾肆兩肆錢改歸就近解給今實給役食銀壹百柒拾玖兩捌錢

舊有燈夫二名每名工食銀陸兩閏年加銀壹兩年匀給銀肆錢實給銀壹拾貳兩肆錢今裁

本府經歷俸銀貳拾肆兩貳錢貳釐閏年加銀貳兩零壹分陸釐零今裁乾隆二十年諸羅原解薪凑俸銀壹拾伍兩柒錢玖分捌釐改歸就近解送今實支俸薪銀肆拾兩

門子一名工食銀陸兩閏年加銀伍錢年匀給銀貳錢實給銀陸兩貳錢

皂隸四名共銀貳拾肆兩閏年加銀貳兩年匀給銀捌錢實給銀貳

拾肆兩捌錢乾隆二十年鳳山原解民壯八名工食銀肆拾玖兩貳錢諸羅原解馬夫一名工食銀陸兩貳錢改歸就近解給今實給役食銀捌拾陸兩捌錢

本府儒學教授俸銀肆拾伍兩 訓導俸銀肆拾兩 共銀捌拾伍兩昔教授與訓導同食一俸乾隆元年定各員照品級給與全俸

廩生二十名每名連閏廩糧銀貳兩捌錢玖分叄釐零共給銀伍拾柒兩捌錢陸分陸釐零 膳夫二名每名工食連閏銀陸兩陸錢陸分陸釐零共給銀壹拾叄兩叄錢叄分叄釐零乾隆二十年鳳山原解齋夫二名工食銀壹拾貳兩肆錢諸羅原解門斗三名工食銀壹拾捌兩陸錢共銀叄拾壹兩改歸就近解給今實給役食銀壹百捌拾柒兩壹錢玖分玖釐零

本縣知縣俸銀貳拾柒兩肆錢玖分閏年加銀貳兩貳錢玖分零今裁

薪湊俸銀壹拾柒兩伍錢壹分閏年加銀壹兩肆錢伍分玖釐零今裁

門子二名共銀壹拾貳兩閏年加銀壹兩年匀給銀肆錢實給銀壹拾貳兩肆錢 皂隸一十六名共銀玖拾陸兩閏年加銀捌兩年匀給銀叄兩貳錢實給銀玖拾玖兩貳錢 轎傘扇夫七名共銀肆拾貳兩閏年加銀叄兩伍錢年匀給銀壹兩肆錢實給銀肆拾叄兩肆錢

馬快八名共銀肆拾捌兩閏年加銀肆兩年匀給銀壹兩陸錢實給銀肆拾玖兩陸錢 禁卒八名共銀肆拾捌兩閏年加銀肆兩年匀給銀壹兩陸錢實給銀肆拾玖兩陸錢 庫子四名共銀貳拾肆兩閏年加銀貳兩年匀給銀捌錢實給銀貳拾肆兩捌錢 斗級四名每名工食銀陸兩共銀貳拾肆兩閏年加銀貳兩年匀給銀捌錢實給銀貳拾肆兩捌錢

舊額轎夫四名實給銀貳拾肆兩捌錢民壯一十名實給銀叄百壹拾兩今俱裁

本縣舖司兵共一十二名〔每名工食銀柒兩貳錢火把銀壹兩伍錢叁分陸釐零〕共銀壹百零肆兩捌錢叁分玖釐零〔閏年加銀捌兩柒錢叁分陸釐零年勻給銀叁兩肆錢玖分肆釐零〕實給銀壹百零捌兩叁錢叁分叁釐零

又新港舖司兵四名〔每名工食火把共銀陸兩捌錢肆分連勻閏銀貳錢貳分捌釐〕共支給銀貳拾捌兩貳錢柒分貳釐新港巡檢改駐後歸

在本縣支銷

本縣縣丞俸銀貳拾肆兩叁錢貳釐〔閏年加銀貳兩零貳分伍釐零今裁〕

薪𠅘銀壹拾伍兩陸錢玖分捌釐〔閏年加銀壹兩叁錢零捌釐零今裁〕

門子一名工食銀陸兩〔閏年加銀伍錢年勻給銀貳錢〕實給銀陸兩貳錢　皂隸四名共銀貳拾肆兩〔閏年加銀貳兩年勻給銀捌錢〕實給銀貳拾肆兩捌錢　馬夫一名工食銀陸兩〔閏年加銀伍錢年勻給銀貳錢〕實給銀陸兩貳錢　民壯八名〔每名工食銀陸兩貳錢〕共銀肆拾玖兩陸錢

本縣儒學〔教諭俸銀肆拾兩訓導俸銀肆拾兩〕共銀捌拾兩〔舊止叁拾壹兩伍錢貳分教諭與訓導同食一俸乾隆元年定各員照品級給與全俸〕　齋夫三名共銀壹拾捌兩〔閏年加銀壹兩伍錢年勻給銀陸錢〕實給銀壹拾捌兩陸錢　廩生壹拾名〔每名連閏廩糧銀貳兩捌錢玖分叁釐零〕共給銀貳拾捌兩玖錢叁分叁釐零　膳夫二名〔每名工食連閏銀陸兩陸錢陸分陸釐零〕共給銀壹拾叁兩叁錢叁分叁釐零　門斗三名共銀壹拾捌兩〔閏年加銀壹兩伍錢年勻給銀陸錢〕共給銀壹拾捌兩陸錢

本縣典史俸銀壹拾玖兩伍錢貳分〔閏年加銀壹兩陸錢貳分陸釐今裁〕

薪𠅘銀壹拾貳兩〔閏年加銀壹兩今裁〕　門子一名工食銀陸

兩閏年加銀伍錢年勻給銀貳錢實給銀陸兩貳錢　皁隸四名共銀貳拾肆兩閏年加銀貳兩年勻給銀捌錢實給銀貳拾肆兩捌錢　馬夫一名工食銀陸兩閏年加銀伍錢年勻給銀貳錢實給銀陸兩貳錢

民壯四名共銀貳拾肆兩閏年加銀貳兩年勻給銀捌錢實給銀貳拾肆兩捌錢

新港巡檢俸銀壹拾玖兩伍錢貳分閏年加銀陸錢貳分陸釐零後裁

薪湊俸銀壹拾貳兩閏年加銀壹兩後裁　皁隸二名共銀壹拾貳兩閏年加銀壹兩年勻給銀肆錢實給銀壹拾貳兩肆錢　弓兵一十八名每名工食銀壹兩柒錢陸分陸釐零共銀叁拾壹兩捌錢閏年加銀貳兩陸錢伍分年勻給銀壹兩零陸分實給銀叁拾貳兩捌錢陸分按乾隆二十六年新港巡檢移駐斗六門此項俸食銀兩在諸羅縣支銷本縣歸於起運項下

兩察院吏役春季工食銀陸拾捌兩貳錢書吏六名門子四名承差四名旗牌二名聽事二名健步八名皁隸八名軍牢十六名每名每季給銀壹兩叁錢陸分肆釐此項今歸耗羨項下支解

本府進表合用綾袱紙張年額銀叁兩乾隆二十年裁

府學　聖廟香燈年額銀貳兩伍錢貳分

縣學　聖廟香燈年額銀貳兩伍錢貳分

春秋二祭府縣學　崇聖祠　文廟山川社稷邑厲等壇年額銀貳百叁拾貳兩乾隆十一年裁減叁拾伍兩捌錢實支銷銀壹百玖拾陸兩貳錢

一年三次致祭　關帝祭品銀貳拾肆兩

鄉飲二次年額銀壹拾伍兩零叁分

習儀拜賀救護香燭年額銀陸錢
祈晴禱雨謝神香燭年額銀叄兩
修理府縣學　文廟城隍社稷等壇祠年額銀肆拾兩
新中舉人花幣旗匾年額銀壹兩叄錢叄分叄釐零
會試舉人盤費年額銀叄拾兩
進士花幣旗匾年額銀貳兩
府學歲貢生旗匾年額銀貳兩伍錢
縣學歲貢生旗匾年額銀壹兩貳錢伍分
存恤孤貧夏冬衣布本縣屬孤寡六十三名口每名年給銀壹兩伍錢捌分柒釐零實給銀壹百兩乾隆十九年裁減衣布銀陸拾陸兩壹錢柒分貳釐捌毫今實給銀叄拾叄兩捌錢貳分柒釐
孤貧陸拾叄名口舊每名月給銀貳錢叄分零乾隆三年定每名日給銀壹分實給銀貳百貳拾陸兩捌錢按乾隆十九年定額六十二名口年共給銀貳百貳拾叄兩貳錢小建每名扣存銀壹分遇閏加給閉銷
囚犯口糧銀叄拾兩

鳳山縣　正雜餉稅共額徵銀肆千伍百陸拾玖兩零貳分貳釐內除鹽埕餉銀壹千陸百捌拾兩歸入鹽道衙門奏銷外實額徵銀貳千捌百捌拾玖兩零貳分貳釐零內存支應經費銀壹千肆百捌拾叄兩捌錢陸分陸釐零餘存解充兵餉

支給欵目

分巡臺灣道薪凑俸銀肆拾貳兩玖錢伍分陸釐閏年加銀叄兩伍錢柒分玖毫零今裁
皂隸一十二名共銀柒拾貳兩閏年加銀陸兩年勻給銀貳兩肆錢實給銀柒拾肆兩肆錢
快手一十二名共

銀柒拾貳兩閏年加銀陸兩年勻給銀貳兩肆錢實給銀柒拾肆兩肆錢
聽事吏二名共銀壹拾貳兩閏年加銀壹兩年勻給銀肆錢實給銀壹
拾貳兩肆錢
本府知府薪湊銀肆拾貳兩玖錢伍分陸釐閏年加銀叁兩伍錢
柒分玖釐零今裁　庫子四名共銀貳拾肆兩閏年加銀貳兩年勻給銀捌錢
實給銀貳拾肆兩捌錢
本府經歷民壯八名共銀肆拾捌兩閏年加銀肆兩年勻給銀壹兩陸錢
實給銀肆拾玖兩陸錢
本府儒學齋夫二名共銀壹拾貳兩閏年加銀壹兩年勻給銀肆錢實
給銀壹拾貳兩肆錢
按以上官俸役食共叁百叁拾叁兩玖錢壹分貳釐俱於乾隆二十年改歸臺灣縣就近支給此項銀兩編為

起解項下
本縣知縣俸銀貳拾柒兩肆錢玖分閏年加銀貳兩貳錢玖分零今裁
薪湊俸銀壹拾柒兩伍錢壹分閏年加銀壹兩肆錢伍分玖釐零今裁
門子二名共銀壹拾貳兩閏年加銀壹兩年勻給銀肆錢實給銀壹拾
貳兩肆錢　皂隸一十六名共銀玖拾陸兩閏年加銀捌兩年勻
給銀叁兩貳錢實給銀玖拾玖兩貳錢　轎傘扇夫七名共銀
肆拾貳兩閏年加銀叁兩伍錢年勻給銀壹兩肆錢實給銀肆拾叁兩肆錢
馬快八名共銀肆拾捌兩閏年加銀肆兩年勻給銀壹兩陸錢實給銀
肆拾玖兩陸錢　禁卒八名共銀肆拾捌兩閏年加銀肆兩年勻
給銀壹兩陸錢實給銀肆拾玖兩陸錢　庫子四名共銀貳拾
兩閏年加銀貳兩年勻給銀捌錢實給銀貳拾肆兩捌錢　弓兵四名

共銀貳拾肆兩閏年加銀貳兩年匀給銀捌錢實給銀貳拾肆兩捌錢

舊有燈夫四名實給銀肆拾玖兩陸錢民壯五十名實給銀叁百壹拾兩今俱裁

舖司兵共二十八名每名工食銀陸兩火把銀捌錢肆分共銀壹百玖拾壹兩伍錢貳分閏年加銀壹拾伍兩玖錢陸分年匀給銀陸兩叁錢捌分肆釐實給銀壹百玖拾柒兩玖錢肆釐

本縣縣丞俸薪銀肆拾兩 民壯八名共銀肆拾捌兩閏年加銀肆兩年匀給銀壹兩陸錢實給銀肆拾玖兩陸錢 門子一名工食銀陸兩閏年加銀伍錢年匀給銀貳錢實給銀陸兩貳錢 皂隸四名共銀貳拾肆兩閏年加銀貳兩年匀給銀捌錢實給銀貳拾肆兩捌錢 馬夫一名工食銀陸兩閏年加銀伍錢年匀給銀貳錢實給銀陸兩貳錢

本縣典史俸銀壹拾玖兩伍錢貳分閏年加銀壹兩陸錢貳分陸釐今裁薪湊俸銀壹拾貳兩閏年加銀壹兩今裁 門子一名工食銀陸兩閏年加銀伍錢年匀給銀貳錢實給銀陸兩貳錢 皂隸四名共銀貳拾肆兩閏年加銀貳兩年匀給銀捌錢實給銀貳拾肆兩捌錢 馬夫一名工食銀陸兩閏年加銀伍錢年匀給銀貳錢實給銀陸兩貳錢 民壯四名共銀貳拾肆兩閏年加銀貳兩年匀給銀捌錢實給銀貳拾肆兩捌錢

本縣儒學教諭俸銀肆拾兩訓導俸銀肆拾兩共銀捌拾兩舊止叁拾壹兩伍錢貳分教諭與訓導同食一俸乾隆元年定各員照品級給與全俸 齋夫三名共銀壹拾捌兩閏年加銀壹兩伍錢年匀給銀陸錢實給銀壹拾捌兩陸錢 廩生壹拾名每名連閏廩糧銀貳兩捌錢玖分叁釐零共給銀貳拾捌兩玖錢叁

分叁釐零　膳夫二名每名工食連閏銀陸兩陸錢陸分陸釐零共給銀壹
拾叁兩叁錢叁分叁釐零　門斗三名共銀壹拾捌兩閏年加銀壹兩伍
錢年匀給銀陸錢實給銀壹拾捌兩陸錢
下淡水巡檢司俸銀壹拾玖兩伍錢貳分閏年加銀壹兩陸錢貳分
陸釐零　薪湊俸銀壹拾貳兩今裁閏年加銀壹兩今裁　皂隸二名共銀
壹拾貳兩閏年加銀壹兩年匀給銀肆錢實給銀壹拾貳兩肆錢　弓
兵一十八名每名工食銀壹兩柒錢陸分陸釐零共銀叁拾壹兩捌錢閏年加銀貳兩陸錢伍分年匀給銀壹兩零陸分　實給銀叁拾貳兩捌錢陸分
兩察院皂役夏季工食銀陸拾捌兩貳錢今裁
本府進表合用綾袱紙張年額銀貳兩伍錢貳分捌釐
零乾隆二十年裁

本縣　聖廟香燈年額銀貳兩伍錢貳分
春秋二祭　崇聖祠　文廟山川社稷邑厲等壇年額
銀壹百肆拾捌兩
一年三次致祭　關帝祭品銀壹拾捌兩
鄉飲二次年額銀陸兩
習儀拜賀救護年額銀陸錢
祈晴禱雨謝神香燭年額銀壹兩貳錢
修理　文廟城隍社稷無祀等壇祠年額銀壹拾兩叁
錢伍分柒釐
新中舉人花幣旗匾年額銀壹兩叁錢叁分叁釐零
會試舉人盤費年額銀叁拾兩

進士花紅旗匾年額銀貳兩

本縣學歲貢生旗匾年額銀壹兩貳錢伍分

存恤孤貧夏冬衣布年額銀玖拾伍兩貳錢叁分捌釐乾隆十九年裁減陸拾貳兩伍錢零貳釐

孤貧六十名口舊額每名月給銀叁錢叁分零乾隆三年定每名日給銀壹分實給銀貳百壹拾陸兩小建每口扣存銀壹分逢閏加給開銷

囚犯口糧銀貳拾兩

諸羅縣　正雜餉稅共額徵銀叁千肆百肆拾伍兩陸錢叁分壹釐零內存支應經費銀貳千壹百貳拾捌兩陸錢陸分柒釐零餘存充兵餉

支給款目

本府同知薪湊俸銀叁拾柒兩肆錢肆分肆釐閏年加銀叁兩壹錢貳分零今裁　皂隸一十二名共銀柒拾貳兩閏年加銀陸兩年勻給銀貳兩肆錢實給銀柒拾肆兩肆錢

本府皂隸一十六名共銀玖拾陸兩閏年加銀捌兩年勻給銀叁兩貳錢實給銀玖拾玖兩貳錢　本府馬快一十名共銀陸拾兩閏年加銀伍兩年勻給銀貳兩實給銀陸拾貳兩　本府斗級六名共銀叁拾陸兩閏年加銀叁兩年勻給銀壹兩貳錢實給銀叁拾柒兩貳錢

本府經歷薪俸銀壹拾伍兩柒錢玖分捌釐閏年加銀壹兩叁錢壹分陸釐零今裁　馬夫一名工食銀陸兩閏年加銀伍錢年勻給銀貳錢實給銀陸兩貳錢

本府儒學門斗三名共銀壹拾捌兩（閏年加銀壹兩伍錢年勻給銀陸錢）實給銀壹拾捌兩陸錢

澎湖通判民壯二十名共銀壹百貳拾兩（閏年加銀拾肆兩年勻給銀肆兩）實給銀壹百貳拾肆兩

（按以上官俸役食共銀肆百柒拾肆兩捌錢肆分貳釐俱於乾隆二十年改歸臺灣縣澎湖廳就近支給此項銀兩編爲起解項下）

本縣知縣俸銀貳拾柒兩肆錢玖分（閏年加銀貳兩叁錢叁分陸釐今裁）

薪湊俸銀壹拾柒兩伍錢壹分（閏年加銀壹兩肆錢伍分玖釐零今裁）

門子二名共銀壹拾貳兩（閏年加銀壹兩年勻給銀肆錢）實給銀壹拾貳兩肆錢　皂隸一十六名共銀玖拾陸兩（閏年加銀捌兩年勻給銀叁兩貳錢）實給銀玖拾玖兩貳錢　轎傘扇夫七名共銀

肆拾貳兩（閏年加銀叁兩伍錢年勻給銀壹兩肆錢）實給銀肆拾叁兩肆錢

馬快八名共銀肆拾捌兩（閏年加銀肆兩年勻給銀壹兩陸錢）實給銀肆拾玖兩陸錢　禁卒八名共銀肆拾捌兩（閏年加銀肆兩年勻給銀壹兩陸錢）實給銀肆拾玖兩陸錢　庫子四名共銀貳拾肆兩（閏年加銀貳兩年勻給銀捌錢）實給銀貳拾肆兩捌錢　斗級四名共銀貳拾肆兩（閏年加銀貳兩年勻給銀捌錢）實給銀貳拾肆兩捌錢

（舊有壓夫四名實給銀貳拾肆兩捌錢民壯五十名實給銀叁百壹拾兩今俱裁）

舖司兵共四十二名（每名工食銀陸兩火把銀捌錢肆分）共銀貳百捌拾柒兩貳錢捌分（閏年加銀貳拾叁兩玖錢肆分年勻給銀玖兩伍錢柒分陸釐）實給銀貳百玖拾陸兩捌錢伍分陸釐

本縣縣丞俸薪銀肆拾兩　門子一名工食銀陸兩（閏年

加銀伍錢年匀給銀貳錢實給銀陸兩貳錢　皂隸四名共銀貳拾肆兩閏年加銀貳兩年匀給銀捌錢實給銀貳拾肆兩捌錢　馬夫一名工食銀陸兩閏年加銀伍錢年匀給銀貳錢實給銀陸兩貳錢　民壯八名共銀肆拾捌兩閏年加銀肆兩年匀給銀壹兩陸錢實給銀肆拾玖兩陸錢

本縣典史俸銀壹拾玖兩伍錢貳分閏年加銀壹兩陸錢貳分陸釐今裁薪湊俸銀壹拾貳兩閏年加銀壹兩今裁　門子一名工食銀陸兩閏年加銀伍錢年匀給銀貳錢實給銀陸兩貳錢　皂隸四名共銀貳拾肆兩閏年加銀貳兩年匀給銀捌錢實給銀貳拾肆兩捌錢　馬夫一名工食銀陸兩閏年加銀伍錢年匀給銀貳錢實給銀陸兩貳錢　民壯四名共銀貳拾肆兩閏年加銀貳兩年匀給銀捌錢實給銀貳

拾肆兩捌錢

佳里興巡檢俸銀壹拾玖兩伍錢貳分閏年加銀壹兩陸錢貳分陸釐今裁薪湊俸銀壹拾貳兩閏年加銀壹兩今裁皂隸二名共銀壹拾貳兩閏年加銀壹兩年匀給銀肆錢實給銀壹拾貳兩肆錢　弓兵一十八名每名工食銀壹兩柒錢陸分陸釐零共銀叁拾貳兩捌錢閏年加銀貳兩陸錢伍分年匀給銀壹兩零陸分實給銀叁拾貳兩捌錢陸分

斗六門巡檢俸銀壹拾玖兩伍錢貳分薪湊俸銀壹拾貳兩　皂隸二名共銀壹拾貳兩閏年加銀壹兩年匀給銀肆錢實給銀壹拾貳兩肆錢　弓兵壹拾捌名每名工食銀壹兩柒錢陸分陸釐零共銀叁拾壹兩捌錢閏年加銀貳兩陸錢伍分年匀給銀壹兩零陸分實給銀叁拾貳兩捌錢陸分

本縣儒學教諭俸銀肆拾兩訓導俸銀肆拾兩共銀捌拾兩舊止叁拾壹兩伍錢貳分教諭與訓導同食一俸乾隆元年定各員照品級給與全俸　齋夫三名共銀壹拾捌兩閏年加銀壹兩伍錢年勻給銀陸錢實給銀壹拾捌兩陸錢　廩生一十名每名連閏廩糧銀貳兩捌錢玖分叁釐零共給銀貳拾捌兩玖錢叁分叁釐零　膳夫二名每名工食連閏銀陸兩陸錢陸分陸釐零共給銀壹拾叁兩叁錢叁分叁釐零　門斗三名共銀壹拾捌兩閏年加銀壹兩伍錢年勻給銀陸錢實給銀壹拾捌兩陸錢

兩察院吏役秋季工食銀陸拾捌兩貳錢今裁

本府進表合用綾袱紙張年需銀貳兩伍錢貳分捌釐零乾隆二十年裁

本縣　聖廟香燈年額銀貳兩伍錢貳分

春秋二祭　崇聖祠　文廟山川社稷邑厲等壇年額銀壹百肆拾捌兩

一年三次致祭　關帝祭品銀壹拾捌兩

鄉飲二次年額銀陸兩

習儀拜賀救護年額銀陸錢

祈晴禱雨謝神香燭年額銀壹兩貳錢

修理　文廟城隍社稷無祀等壇祠年額銀壹拾壹兩叁錢伍分柒釐

新中舉人花幣旗匾年額銀壹兩叁錢叁分叁釐零

會試舉人盤費年額銀叁拾兩

進士花幣旗匾年額銀貳兩

本縣學歲貢生旗匾年額銀壹兩貳錢伍分
存恤孤貧夏冬衣布年額銀柒拾叁兩零壹分伍釐零
孤貧四十六名口舊係每名月給銀貳錢叁分零乾隆三年定每名日給銀壹分實給
銀壹百陸拾伍兩陸錢小建每名扣存銀壹分逢閏加給開銷
囚犯口糧銀貳拾兩
彰化縣　正雜餉稅共額徵銀貳千肆百貳拾貳兩肆錢
肆分捌釐零內存支應經費銀壹千伍百壹拾伍兩肆
分伍釐零餘存解充兵餉
支給款目
本縣知縣俸銀貳拾柒兩肆錢玖分閏年加銀貳兩貳錢玖分零今裁
薪奏俸銀一百一拾柒兩伍錢壹分閏年加銀壹兩肆錢伍分玖釐零今裁門

子二名共銀壹拾貳兩閏年加銀壹兩年勻給銀肆錢實給銀壹拾貳
兩肆錢　皂隸壹拾陸名共銀玖拾陸兩閏年加銀捌兩年勻給銀
叁兩貳錢實給銀玖拾玖兩貳錢　轎傘扇大七名共銀肆
拾貳兩閏年加銀叁兩伍錢年勻給銀壹兩肆錢實給銀肆拾叁兩肆錢
馬快八名共銀肆拾捌兩閏年加銀肆兩年勻給銀壹兩陸錢實給銀肆
拾玖兩陸錢　禁卒八名共銀肆拾捌兩閏年加銀肆兩年勻給銀
壹兩陸錢實給銀肆拾玖兩陸錢　庫子四名共銀貳拾肆
兩閏年加銀貳兩年勻給銀捌錢實給銀貳拾肆兩捌錢　斗級四名
共銀貳拾肆兩閏年加銀貳兩年勻給銀捌錢實給銀貳拾肆兩捌錢
舖司兵一十八名每名工食銀陸兩火把銀捌錢肆分共銀壹百貳拾叁
兩壹錢貳分閏年加銀壹拾兩零貳錢陸分年勻給銀肆兩壹錢零實給銀壹百

貳拾柒兩貳錢貳分肆釐
舊有民壯五十名實給銀叁百壹拾兩今裁
縣丞乾隆二十四年新設俸銀貳拾肆兩叁錢貳釐薪凑俸銀壹
拾伍兩陸錢玖分捌釐　門子一名閏年加銀伍錢年勻給銀貳錢共
給銀陸兩貳錢　皂隸四名共銀貳拾肆兩閏年加銀貳兩年勻
給銀捌錢實給銀貳拾肆兩捌錢　馬夫一名工食銀陸兩
閏年加銀伍錢年勻給銀貳錢實給銀陸兩貳錢　民壯八名共銀肆
拾捌兩閏年加銀肆兩年勻給銀壹兩陸錢實給銀肆拾玖兩陸錢
本縣儒學教諭俸銀肆拾兩訓導俸銀肆拾兩共銀捌拾兩　齋夫三名
共銀壹拾捌兩閏年加銀壹兩伍錢年勻給銀陸錢實給銀壹拾捌兩陸
錢　廩生一十名每名連閏廩糧銀貳兩捌錢玖分叁釐零共銀貳拾捌兩

玖錢叁分叁釐零　膳夫二名每名工食連閏銀陸兩陸錢陸分陸釐零共
銀壹拾叁兩叁錢叁分叁釐零　門斗三名共銀壹拾
捌兩閏年加銀壹兩伍錢年勻給銀陸錢實給銀壹拾捌兩陸錢
本縣典史俸銀壹拾玖兩伍錢貳分閏年加銀壹兩陸錢貳分壹釐今裁
薪凑俸銀壹拾貳兩閏年加銀壹兩今裁門子一名工食銀陸兩
閏年加銀伍錢年勻給銀貳錢實給銀陸兩貳錢　皂隸四名共銀貳
拾肆兩閏年加銀貳兩年勻給銀捌錢實給銀貳拾肆兩捌錢　馬夫
一名工食銀陸兩閏年加銀伍錢年勻給銀貳錢實給銀陸兩貳錢
民壯四名共銀貳拾肆兩閏年加銀貳兩年勻給銀捌錢實給銀貳拾
肆兩捌錢
鹿子港巡檢俸銀壹拾玖兩伍錢貳分閏年加銀壹兩陸錢貳分貳釐

零今裁薪湊俸銀壹拾貳兩閏年加銀壹兩今裁皂隸二名共銀壹
拾貳兩閏年加銀壹兩年勻給銀肆錢實給銀壹拾貳兩肆錢弓兵
一十八名每名工食銀壹兩柒錢陸分陸釐零共銀叁拾壹兩捌錢閏年加銀
貳兩陸錢伍分年勻給銀壹兩零陸分實給銀叁拾貳兩捌錢陸分
貓霧捒巡檢俸銀壹拾玖兩伍錢貳分閏年加銀壹兩陸錢貳分貳釐
零今裁薪湊俸銀壹拾貳兩閏年加銀壹兩今裁皂隸二名共銀壹
拾貳兩閏年加銀壹兩年勻給銀肆錢實給銀壹拾貳兩肆錢弓兵
一十八名每名工食銀壹兩柒錢陸分肆釐零共銀叁拾壹兩捌錢閏年加銀
貳兩陸錢伍分年勻給銀壹兩零陸分實給銀叁拾貳兩捌錢陸分
本府進表合用綾袱紙張年額銀貳兩伍錢貳分捌釐
兩察院吏役冬季工食銀陸拾捌兩貳錢今裁

零乾隆二十年裁
本縣　聖廟香燈年額銀貳兩伍錢貳分
春秋二祭　崇聖祠　文廟山川社稷邑厲等壇年額
銀壹百肆拾捌兩
一年三次致祭　關帝祭品銀壹拾捌兩
鄉飲二次年額銀陸兩
習儀拜賀救護年額銀陸錢
祈晴禱雨謝神香燭年額銀壹兩貳錢
脩理　文廟城隍社稷無祀等壇祠年額銀壹拾壹兩
叁錢伍分柒釐
新中舉人花幣旗匾年額銀壹兩叁錢叁分叁釐零

會試舉人盤費年額銀叁拾兩

進士花帑旗匾年額銀貳兩

本縣學歲貢生旗匾年額銀壹兩貳錢伍分

存恤孤貧夏冬衣布年額銀柒拾叁兩零壹分伍釐零

孤貧四十六名口（舊係每名月給銀貳錢貳分零乾隆三年定每名日給銀壹分）寔給銀壹百陸拾伍兩陸錢（小建每名扣存銀壹分逢閏加給開銷○按本縣孤貧口糧衣布銀共貳百叁拾捌兩陸錢壹分伍釐零乾隆十九年裁減肆拾柒兩玖錢壹分捌釐今實給銀壹百玖拾兩陸錢玖分柒釐零）

囚犯口糧銀貳拾兩

淡水廳　正雜餉稅共額徵銀肆百伍拾柒兩陸錢柒分零內存支應經費銀貳百捌拾肆兩陸錢

支給款目

本同知俸銀肆拾貳兩伍錢伍分陸釐　薪湊俸銀叁拾柒兩肆錢肆分肆釐　門子二名（每名工食銀陸兩匀閏銀貳錢）實給銀壹拾貳兩肆錢　皂隸十二名（每名工食銀陸兩匀閏銀貳錢）實給銀柒拾肆兩肆錢　轎傘扇夫七名共銀肆拾貳兩（閏年加銀叁兩伍錢年匀給銀壹兩肆錢）實給銀肆拾叁兩肆錢　步快八名共銀肆拾捌兩（閏年加銀肆兩年匀給銀壹兩陸錢）實給銀肆拾玖兩陸錢　禁卒四名共銀貳拾肆兩（閏年加銀貳兩年匀給銀捌錢）實給銀貳拾肆兩捌錢　舖司兵三十名（每名工食銀陸兩火把銀捌錢肆分）共銀貳百零伍兩貳錢（閏年加銀壹拾柒兩壹錢年匀給銀陸兩捌錢肆分）實給銀貳百壹拾貳兩零肆分（此項向隸彰化縣撥給）

竹塹巡檢俸銀壹拾玖兩伍錢貳分　薪凑俸銀壹拾貳兩　皂隸二名共銀壹拾貳兩閏年加銀壹兩年勻給銀肆錢實給銀壹拾貳兩肆錢　弓兵一十八名每名工食銀壹兩柒錢陸分陸釐零共銀叄拾壹兩捌錢閏年加銀貳兩陸錢伍分年勻給銀壹兩零陸分實給銀叄拾貳兩捌錢陸分　民壯四名共銀貳拾肆兩閏年加銀貳兩年勻給銀捌錢實給銀貳拾肆兩捌錢

八里坌巡檢俸銀壹拾玖兩伍錢貳分　薪凑俸銀壹拾貳兩　皂隸二名共銀壹拾貳兩閏年加銀壹兩年勻給銀肆錢實給銀壹拾貳兩肆錢　弓兵一十八名每名工食銀壹兩柒錢陸分陸釐零共銀叄拾壹兩捌錢閏年加銀貳兩陸錢伍分年勻給銀壹兩零陸分實給銀叄拾貳兩捌錢陸分　民壯四名共銀貳拾肆兩閏年加銀貳兩年勻給銀捌錢實給銀貳拾肆兩捌錢按竹塹八里坌二巡檢官俸役食銀兩俱就彰化縣撥給

澎湖廳　地種正雜餉稅共額徵銀　百叄拾肆兩捌錢柒分捌釐零內存支應經費銀貳百伍拾柒兩捌錢

支給款目

通判俸薪共銀陸拾兩　門子二名共銀壹拾貳兩閏年加銀壹兩年勻給銀肆錢實給銀壹拾貳兩肆錢　皂隸一十二名共銀柒拾貳兩閏年加銀陸兩年勻給銀貳兩肆錢實給銀柒拾肆兩肆錢　轎傘扇夫七名共銀肆拾貳兩閏年加銀叄兩伍錢年勻給銀壹兩肆錢實給銀肆拾叄兩肆錢　步快八名共銀肆拾捌兩閏年加銀肆兩年勻給銀壹兩陸錢實給銀肆拾玖兩陸錢

一年三次致祭　關帝祭品銀壹拾捌兩

支給養廉

巡視兩察院每年養廉銀貳千肆百兩初給銀壹千陸百兩雍正九年定增給銀捌百兩　臺灣縣解銀肆百兩　又代彰化縣解銀叁百兩　鳳山縣解銀肆百兩　又代彰化縣解銀壹百兩　諸羅縣解銀肆百兩　府徵鹽價項下解銀捌百兩

分巡臺灣道每年養廉銀壹千陸百兩臺灣縣解銀肆百兩　鳳山縣解銀肆百兩　諸羅縣解銀捌百兩

臺灣鎮掛印總兵官每年養廉銀柒百兩臺灣縣解銀壹百兩　又代彰化縣解銀壹百兩　鳳山縣解銀貳百兩　諸羅縣解銀貳百兩　彰化縣解銀壹百兩

臺灣府每年養廉銀壹千陸百兩臺灣縣解銀貳百兩　又代彰化縣解銀壹百兩　鳳山縣解銀肆百兩　又代彰化縣解銀壹百兩　諸羅縣解銀捌百兩

臺防廳每年養廉銀伍百兩鳳山縣解銀貳百兩　諸羅縣解銀叁百兩

淡防廳每年養廉銀伍百兩本廳額徵耗羨支給銀壹百玖拾捌兩壹錢零捌釐零　彰化縣解銀叁百壹兩捌錢玖分壹釐零

澎糧廳每年養廉銀伍百兩本廳額徵耗羨支給銀捌拾柒兩伍錢貳分貳釐零　臺灣縣解銀肆百壹拾貳兩肆錢柒分柒釐零

臺灣縣每年養廉銀壹千兩在本縣徵收耗羨銀內支給

鳳山縣每年養廉銀捌百兩在本縣徵收耗羨銀內支給

諸羅縣每年養廉銀捌百兩在本縣徵收耗羨銀內支給

彰化縣每年養廉銀捌百兩在本縣徵收耗羨銀內支給

臺灣府經歷每年養廉銀肆拾兩初給養廉貳拾兩乾隆八年定臺灣縣耗羨項下支給銀貳拾兩　府徵鹽價項下支給銀貳拾兩

臺灣縣縣丞每年養廉銀肆拾兩本縣耗羨項下支給銀貳拾兩

臺灣縣典史每年養廉銀肆拾兩以上並與府經歷給同

鳳山縣縣丞每年養廉銀肆拾兩初給貳拾兩乾隆八年定本縣徵收耗羨項下支給銀貳拾兩府徵鹽價項下支給銀貳拾兩

鳳山縣下淡水巡檢每年養廉銀肆拾兩

鳳山縣典史每年養廉銀肆拾兩以上並與縣丞支給同

諸羅縣縣丞每年養廉銀肆拾兩該縣徵收耗羨銀內支給銀貳拾兩府徵鹽價項下支給銀貳拾兩

諸羅縣佳里興巡檢每年養廉銀肆拾兩

諸羅縣斗六門巡檢每年養廉銀肆拾兩本縣耗羨項下支給銀貳拾兩府徵鹽價項下支給銀貳拾兩

諸羅縣典史每年養廉銀肆拾兩以上並同前支給

淡防廳轄竹塹巡檢每年養廉銀肆拾兩諸羅縣耗羨項下支給銀貳拾兩府徵鹽價項下支給銀貳拾兩

淡防廳轄八里坌巡檢每年養廉銀肆拾兩支給並同上

彰化縣縣丞每年養廉銀肆拾兩

彰化縣鹿子港巡檢每年養廉銀肆拾兩本縣徵收耗羨項下支給銀貳拾兩府徵鹽價項下支給銀貳拾兩

彰化縣貓霧捒巡檢每年養廉銀肆拾兩

彰化縣典史每年養廉銀肆拾兩支給並同上

官莊

臺灣府 官莊一百二十五所年徵青白糖和粟芝蔴糖

廍蔗車牛磨魚塭等項共銀叁萬零柒百叁拾玖兩玖錢陸分陸釐零

雍正七年報陞糖粟共徵銀壹百玖拾柒兩柒錢柒分

雍正八年豁免圯陷無徵白糖銀貳拾肆兩陸錢

雍正十年豁免圯陷園地無徵銀壹百捌拾柒兩伍錢玖分玖釐零

乾隆二年豁免八年無徵糖銀肆兩柒錢伍分貳釐零

乾隆九年豁免圯陷田園無徵銀壹百伍拾貳兩伍錢肆分壹釐

通府合計實徵官莊糖廍粟芝蔴糖廍蔗車牛磨魚塭共銀叁萬零伍百陸拾捌兩貳錢肆分貳釐零

臺灣縣　官莊八所年徵白糖糖廍蔗車租粟共徵銀壹千貳百零玖兩柒錢陸分玖釐零

雍正二年諸羅撥歸本邑管轄蔗車銀貳兩捌錢

雍正九年鳳山撥歸本邑管轄白糖糖廍園租共銀伍百壹拾捌兩柒錢捌分陸釐零

又豁免圯陷園地無徵銀壹百陸拾壹兩貳錢叁分玖釐零

又諸羅撥歸本邑管轄白糖租粟蔗車共銀貳百肆拾兩零貳分捌釐零

雍正九年撥歸鳳邑管轄白糖糖廍共銀叁百壹拾玖兩貳錢

乾隆二年豁免水冲無徵糖銀肆两柒錢伍分貳釐零

通縣合計實徵官莊糖粟糖廍蔗車共銀壹千肆百捌拾陸两壹錢玖分貳釐零

鳳山縣　官莊五十二所年徵青白糖租粟蔗車糖廍共徵銀玖千玖百貳拾伍两捌錢零

雍正七年報陞糖粟共徵銀壹百玖拾柒两柒錢柒分

雍正九年臺灣縣撥歸本縣管轄官莊白糖糖廍共徵銀叁百壹拾玖两貳錢

又本縣撥歸臺灣官莊白糖糖廍並匀徵前僉莊租粟共銀伍百壹拾玖两柒錢捌分陸釐零

乾隆十二年報陞官庄溢額粟壹拾叁石折徵銀伍两

貳錢

雍正十年豁免減徵白糖銀貳拾陸两叁錢陸分零

雍正十一年豁免崩陷無徵銀貳拾肆两陸錢

乾隆九年豁免崩陷田園無徵銀壹百伍拾貳两伍錢肆分貳釐零

乾隆十八年豁免崩陷田園無徵官庄銀壹百两壹錢伍分陸釐零

乾隆二十四年豁免崩陷田園無徵官庄銀貳百玖拾柒两捌錢叁分壹釐零

乾隆二十六年報陞官莊糖粟折徵銀伍两貳錢柒分貳釐

通縣合計實徵官莊糖粟糖廍蔗車共銀玖千叁百叁
拾貳兩玖錢陸分柒釐零
諸羅縣　官莊六十五所年徵租粟青白糖芝蔴糖廍蔗
車牛磨魚塭等項共徵銀壹萬玖千陸百零肆兩叁錢
玖分陸釐
雍正二年撥歸彰化縣官莊三所租粟白糖銀肆百柒
拾叁兩叁錢陸分陸釐
又撥歸臺灣縣管轄蔗車銀貳兩捌錢
雍正九年撥歸臺灣縣管轄蔗車租粟白糖銀共貳百
肆拾兩零貳分捌釐零
通縣合計實徵官莊糖粟芝麻糖廍蔗車牛磨魚塭共

銀壹萬捌千捌百捌拾捌兩貳錢零壹釐伍毫叁忽內乾隆十二年豁免陳宗等車餉銀壹百玖拾叁兩貳錢二十年豁免崩陷白糖銀壹百貳拾壹兩玖錢柒分伍釐零外今實徵官庄等餉銀壹萬捌千伍百柒拾叁兩貳分伍釐零
彰化縣　官莊二所歸民徵輸白糖租粟糖廍共銀肆百
柒拾叁兩叁錢陸分陸釐
淡水廳　官莊二所乾隆二十二年新墾年徵租粟叁千柒百柒拾
貳石捌斗柒升柒合零
乾隆二十四年豁免劃出界外及崩陷田園無徵粟壹
千捌百肆拾玖石肆斗零捌合零
通廳屬合計實徵租粟壹千玖百貳拾叁石肆斗陸升
捌合零